TWO PSYCHICS OF GYGES

GYGES NO FUTARI Vol. 1
by Takahiro KATO

Traduzione: Andrea Filippi
Editing: Gianfranco Geria
Grafica: Mauro Corradini
Lettering: Albalisa Giorgio
Bozze: Rossella Milan
Coordinamento editoriale: Marina Ruggerini
Direzione editoriale: Asuka Ozumi
Original Cover Design: Yasuo SHIMURA

W0377054

Dynit Manga
via Brigata Reggio 32
42124 Reggio Emilia
www.dynitmanga.it
info@dynitmanga.it

Finito di stampare nel mese di giugno 2024 da
Officine Grafiche Francesco Giannini & Figli S.p.A.

Il volume 2 in uscita prossimamente!

TWO PSYCHICS OF GYGES 1 – FINE

IL GIORNO SEGUENTE.
CONGRATULAZIONI, MAESTRO!
MAH...
FORSE NON È IL CASO DI DIRLO, VERO?
ANCORA NON RIESCO CREDERE A QUEL CHE È SUCCESSO AL MAESTRO KAZANIN...
NON È CHE NON SIA FELICE PER LEI, EH...
È NATURALE.
NEMMENO IO FACCIO I SALTI DI GIOIA...
... PERÒ QUESTA È LA MIA MISSIONE...
MI IMPEGNERÒ PER PORTARE A TERMINE L'INCARICO CHE IL MAESTRO KAZAN MI HA AFFIDATO.
FARÒ DI TUTTO PERCHÉ L'EROE TRASPARENTE ZERO...
... SIA UN VERO SUCCESSO!
CONTO SU DI TE, YŪ!

HO CA-PITO.
ACCET-TO.

... 10...

AL CON-TRARIO!
È RIDOT-TO COSÌ PER COL-PA MIA!
HO LA SOLU-ZIONE PER TE...
...Yu!
DIVEN-TERAI L'E ROE PRO TAGONISTA DEL MIO MANGA!
EPPURE...
NON CI SONO BUGIE FRA DI NOI!
DA OGGI DIVEN TERAI UN EROE!
E IO TRADUR-RÒ LE TUE ESPE RIENZE SU CARTA!
PER EVI TARE DI TRADIRE LE SUE ASPET TATIVE...
MI STAI ASCOL TANDO?
DEVO METTERE LE MANI SU UN PO' DI SOLDI IL PRIMA POSSIBILE
DEVO CON TINUARE A ESSERE IL MAESTRO CHE TANTO AMMIRA!
...LUI È CRE SCIU TO...
CON L'IDEA DI VOLER DIVENTARE DAVVERO UN EROE!
FARÒ DI TUT TO...
PER TRA SFOR MARLO NELL'E ROE...
...CHE VOR REBBE ESSE RE!
SHAKE
SHAKE

LEI HA GIÀ L'ESPERIENZA NECESSARIA PER LAVORARE A UNA SERIE.
IL *NAME* CHE HA PRESENTATO È IDEALE PER FAR FARE ESPERIENZA AI NUOVI ARRIVATI...
... E POI...
... IERI POMERIGGIO ...
... IL MAESTRO KAZANIN LE HA AFFIDATO IL SUO SPAZIO NELLA RIVISTA, GIUSTO?
QUEL SUO DESIDERIO...
U-UN MOMENTO...!
COSÌ POTREBBE SEMBRARE CHE IO MI STIA APPROFITTANDO DI QUELLO CHE GLI È SUCCESSO...
DASH
NO, INVECE!
SIAMO STATI NOI A INVITARE IL MAESTRO KAZANIN ALL'EVENTO...
... E SIAMO SEMPRE NOI A CHIEDERLE L'IMPOSSIBILE!
LEI NON HA ALCUNA COLPA!
TSK!
ギリィ
GRRR

DA QUI A DUE MESI VORREMMO INIZIARE LA SERIALIZZAZIONE DE *L'EROE TRASPARENTE ZERO*, PENSA SAREBBE POSSIBILE?
SO DI AVERE UNA BELLA FACCIA TOSTA A FARLE UNA RICHIESTA DEL GENERE.
VORREI CHE LEI...
... COLMASSE IL VUOTO LASCIATO DAL MAESTRO KAZANIN.
EH...?!
U-UN ATTIMO...
L'INCIDENTE È AVVENUTO SOLO IERI...
... COME POTETE...
LO SAPPIAMO BENE.
GRIIP
PERÒ...
... IERI NON ABBIAMO CHIUSO OCCHIO E CI SIAMO MESSI AL LAVORO.

ORA RICORDO...
IERI...
... DOPO L'INCIDENTE...
... E LA DEPOSIZIONE PER LA POLIZIA...
... HO DETTO AGLI ALTRI...
... CHE SAREI TORNATO A CASA...
DRIIIN
DRIIIN
GULP
PIP
S-SÌ?
Sono Sakura.
Maestro Tōdō...
... Il caporedattore vorrebbe parlarle.

手術中
LE POSSIBILITÀ SONO MOLTO BASSE.
L'OPERAZIONE È TERMINATA, MA...
... LE CONDIZIONI SONO CRITICHE E C'È UNA FORTE PROBABILITÀ CHE SI SPENGA NEI PROSSIMI GIORNI.
ANCHE NELL'IMPROBABILE CASO CHE SOPRAVVIVA...
... NON POTRÀ PIÙ TORNARE ALLA VITA DI PRIMA...
TSK!
CAPOREDATTORE, DOBBIAMO AVVISARE LA FAMIGLIA DEL MAESTRO KAZANIN...
N-NO...
QUEL RAGAZZO...
... NON HA MAI AVUTO NESSUNO...

QUI, PRESTO!
HANNO INVESTITO UN UOMO!
CHIAMATE UN'AMBULANZA, SVELTI!
NON CI CREDO...
SCRATCH
... NON HO VISTO NESSUNO!
MAESTRO?!
DASH
COSA DIAVOLO È SUCCESSO?!
TSK...
NIII NOOO
NIII NOOO

ZULIP

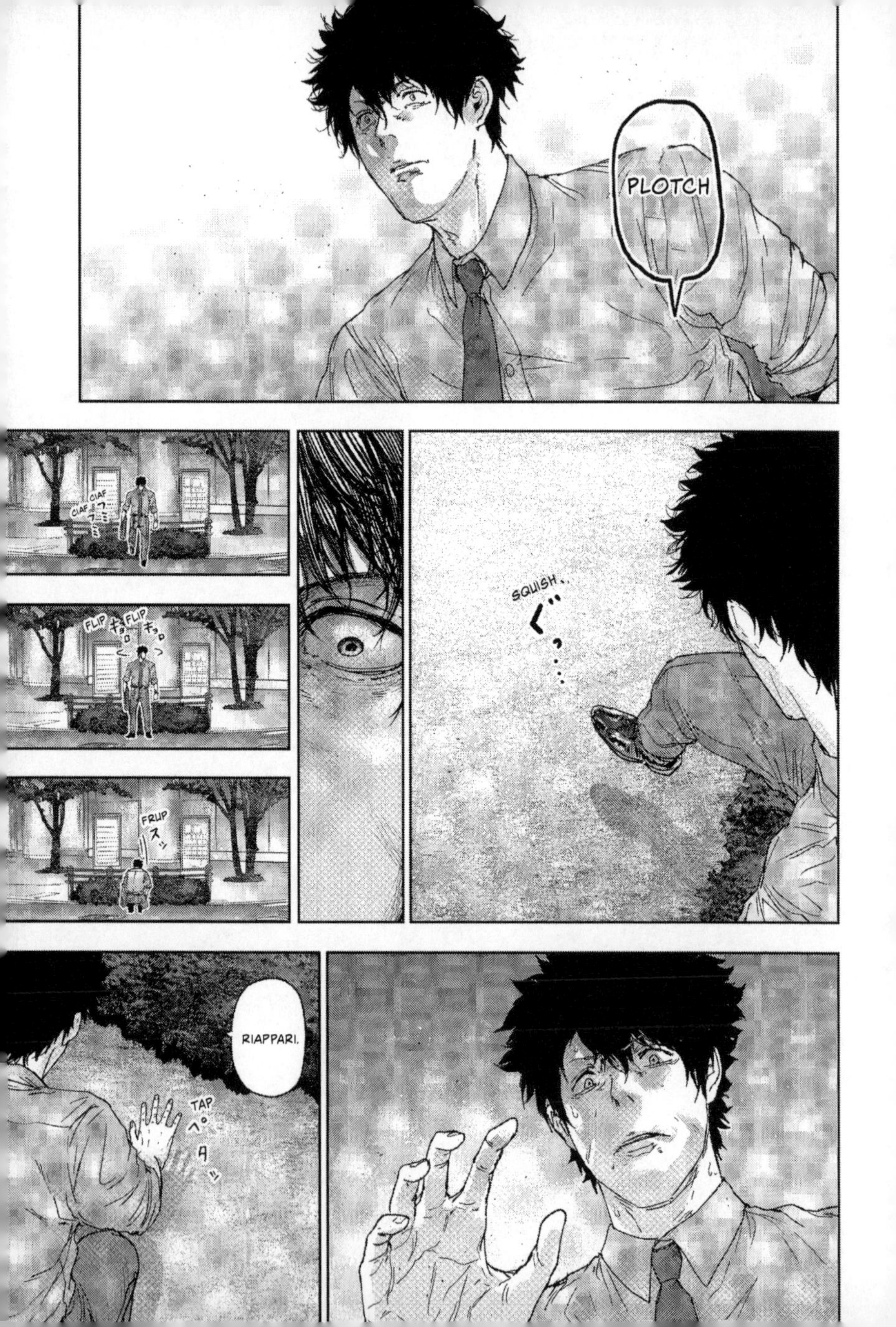
PLOTCH
SQUISH...
CIAF
CIAF
FLIP
FLIP
FRUP
RIAPPARI.
TAP

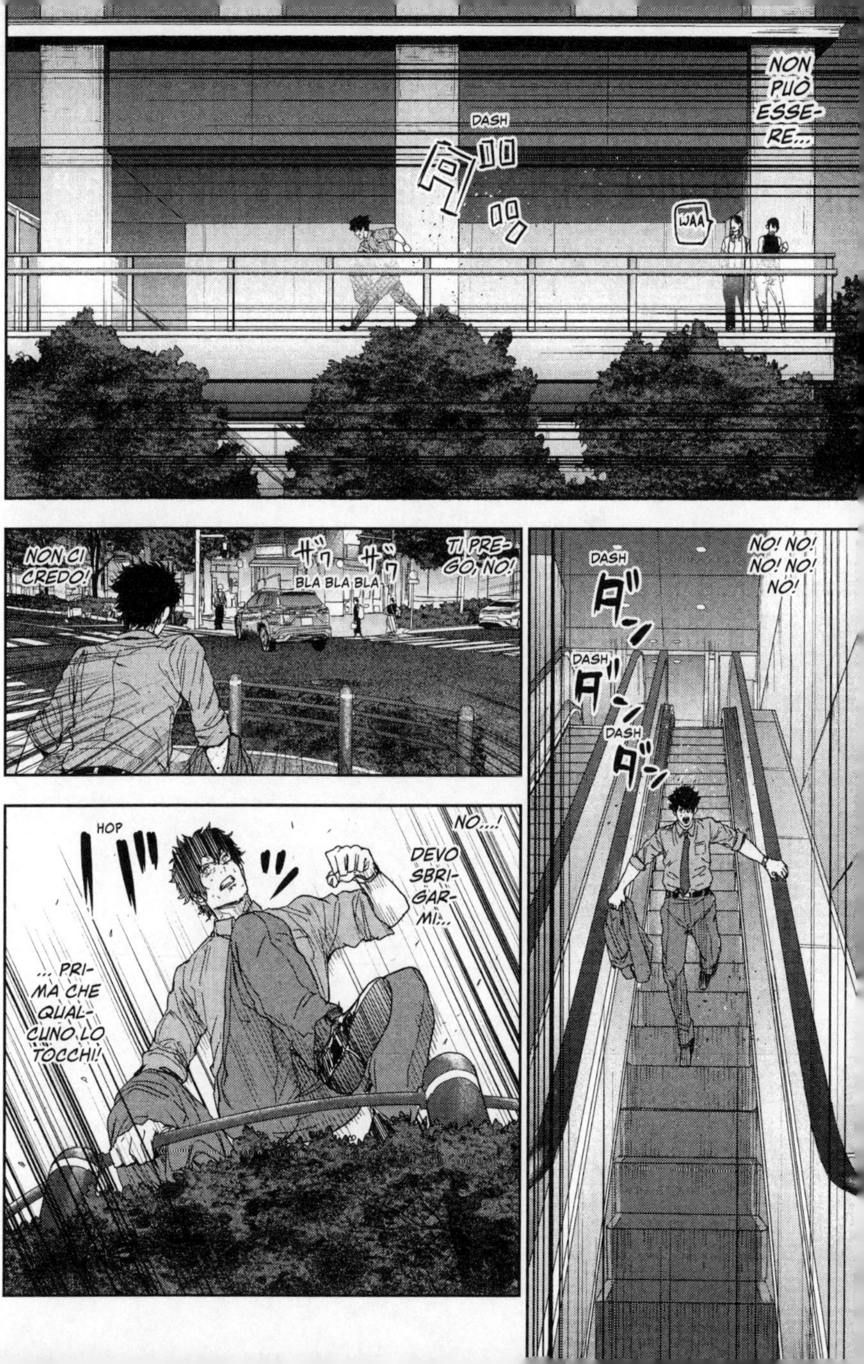
NON PUÒ ESSE-RE...
WAA
DASH
TI PRE-GO, NO!
BLA BLA BLA
NON CI CREDO!
NO! NO! NO! NO! NO!
DASH
DASH
DASH
NO...!
DEVO SBRI-GAR-MI...
... PRI-MA CHE QUAL-CUNO LO TOCCHI!
HOP

UN INCI-DENTE?
FSSS
CHE SUCCEDE? HANNO INVESTITO QUALCUNO?
NO! NON VEDO NESSUNO!
GULP

VERRÒ SCOPER-TO...
THUMP
SKREEE
SBAAAM
HAI SENTITO ANCHE TU?
GASP
I FRENI DI UN'AUTO?

... L'HO FATTO SPARIRE!
GASP
MA ERA LUI A TOC-CARE ME, NON VI-CEVER-SA!
MERDA!
DASH
DEVO FARLO RIAPPARIRE PRIMA CHE INCONTRI QUALCUNO!
MAE-STRO KA-ZAN?!
DOVE SEI ANDA-TO?
COSÌ I MIEI ALIBI VANNO A FARSI FOT-TERE!

EH?
MAESTRO KAZAN?
NON PUÒ ESSERE...
FLIP キョロ
FLIP キョロ

ZUUUP
ズゥッ

MA SPARISCI.

MA COS'HA CHE NON VA 'STO QUI?
PENSA DI ESSERE INFERIORE A ME?
NO, AL CONTRARIO.
IL MOTIVO PER CUI HA DETTO CHE È DISPOSTO A RINUNCIARE AL SUO SPAZIO SULLA RIVISTA...
IN OGNI, CASO TI CEDERÒ IL MIO POSTO.
... È PERCHÉ È ASSOLUTAMENTE CONVINTO DI POTER FARE MEGLIO DI ME.
EPPURE...
STRIZZ
"UN'OPERA CHE SUPERI ANCHE LE MIE"...
HO CAPITO...
IO AVREI PERSO IL TALENTO...
... E PER QUANTO POSSA SFORZARMI NON ARRIVEREI MAI AL TUO LIVELLO, EH?

IH!
CHE FORZA!
UN RAGIONA-MENTO PERFET-TO!
IH!
IH!
LA TUA REAZIONE DICE TUTTO!
UN INCONTRO DOPO TANTO TEMPO! UN MANGAKA DI SUCCESSO CHE CERCA DI REINVENTARSI CON L'AIUTO DI UN OMICIDIO!
PAFF
PAFF
ODDIO... MI RIBOLLE L'ANIMA!
SE ANCHE TU FOSSI DAVVERO UN ASSASSINO, NON LO DIREI A NESSUNO.
GRINN
A ME INTERESSA SOLO DI LEGGERE MANGA DI QUALITÀ!
GRAB
QUINDI, MAESTRO...
... NON VEDO L'ORA...
... DI LEGGERE UNA TUA OPERA CHE SUPERI LE MIE!

IN POCHE PAROLE, TU SEI COLLEGATO ALLA SCOMPARSA DI NAKAMURA, HO RAGIONE, MAESTRO?
IL TUO EDITOR È GIÀ STATO FATTO SPARIRE DA QUESTO MONDO PER SEMPRE.
CAP. 8 LA FORTUNA DEL BUGIARDO
LO HAI UCCISO?
MA COSA DIAV...
QUESTO TIZIO...
...HA CAPITO TUTTO SOLO DA QUANTO DETTO POCO FA?
SE AVESSE INFORMATO IL CAPOREDATTORE DELLA BUGIA DI NAKAMURA SAREBBE STATO CHIARO CHE AVEVA AGITO CON MALIZIA.
CERCO DI FREGARLO?
GLI RACCONTO UNA BALLA?
NO, LUI MI SGAMEREBBE SUBITO!
SI METTE MALE!
COMUNQUE, NON POSSO NON FARE NULLA...

IN POCHE PAROLE, TU SEI COLLEGATO ALLA SCOMPARSA DI NAKAMURA, HO RAGIONE...
KI KI KI KI
... MAESTRO?
A GIUDICARE DA COME È ARRIVATO FINO A OGGI SENZA INTOPPI E DAL SUO COMPORTAMENTO...
... NAKAMURA...
... È GIÀ STATO FATTO SPARIRE.
LO HAI CANCELLATO DA QUESTO MONDO PER SEMPRE!

NON È CHE HAI FINTO DI NON SAPERE COSA NE PENSAVA IL TUO EDITOR PER NASCONDERE DI AVERLO INCONTRATO?
ZUU
スッ
PERÒ, SE NON VUOI CHE SI SAPPIA CHE LO HAI INCONTRATO...
... È PERCHÉ QUEL GIORNO È SUCCESSO QUALCOSA.

NON MI CORREGGI?
ALLORA TI AVEVA COMUNICATO CHE ERA STATO RIFIUTATO.
ZASH
POCO FA AVEVI DETTO CHE NON SAPEVI ANCORA NULLA DELL'ESITO, O SBAGLIO?
MERDA...
MI È SEMBRATO STRANO.
MI SONO CHIESTO SUBITO PERCHÉ UN AUTORE AFFERMATO ABBIA CHIESTO DELLA PROPRIA OPERA A UNA NOVELLINA CHE CON LUI NON AVEVA MAI AVUTO NULLA A CHE FARE.
MI SPIACE DAVVERO A...
IL FEEDBACK DI NAKAMURA NON TI ANDAVA GIÙ, VERO?
UN ATTIMO!
VOLEVO SAPERE COSA NE PENSA
AH.
IN POCHE PAROLE, VOLEVI VERIFICARE L'OPINIONE DELLA REDAZIONE.
PERÒ... PERCHÉ NON FARNE PAROLA CON IL CAPOREDATTORE?
SE LO AVESSI INFORMATO DELLA BUGIA DI NAKAMURA, SAREBBE STATO CHIARO CHE AVESSE AGITO CON MALIZIA...

UGGGH!
MAESTRO KAZAN!
COSA SEI VENUTO A FARE, MIO ACERRIMO RIVALE?
MA DAVVERO 'STO QUA È UN AUTORE MISTERY DI SUCCESSO?
VOLEVO RINGRAZIARTI PER PRIMA.
MA DI COSA.
PIUTTOSTO...
... NAKAMURA, NON TI PERDONERÒ MAI!
COME SI PUÒ RIFIUTARE UN CAPOLAVORO DEL GENERE?!
AH! AH! GRAZIE...

C-COS...?!
C'ERA DA ASPETTARSELO DA TE, TŌDŌ!
CERTO, CI SONO ALCUNE COSE DA SISTEMARE.
PERÒ NON VEDO L'ORA DI LEGGERE L'OPERA SERIALIZZATA!
UUUGH!
TUMP
TUMP
TUMP
CHE FRUSTRAZIONE! CHE FRUSTRAZIONE!
NON HO TEMPO DA PERDERE!
VOLO A CASA A DISEGNARE!
TUMP
TUMP
TUMP
QUELLO È IL MIO TABLET!
TSK!
M-MI SCUSI TANTO...
... LO FERMO SUBITO!
ZASH
TUTTO INUTILE!
QUEL TIPO È SEMPRE STATO COSÌ! LO SO PERCHÉ SONO STATO IL SUO RESPONSABILE...
È MEGLIO PARLARCI DOMANI, QUANDO SI SARÀ CALMATO.
O-OKAY!
P-PERÒ IL MIO TABLET...
DOMANI!
...

SE SI TRATTASSE DI UN SEMPLICE CONTRATTEMPO, AVREBBE SENSO ASPETTARE NOTIZIE DEL PROPRIO RESPONSABILE.
UHM...
MAH, VABBÈ.
IN OGNI, CASO TI CEDERÒ IL MIO POSTO.
EH...?!
SE NON SBAGLIO AVREI DOVUTO PUBBLICARE FRA DUE MESI, GIUSTO?
STAVO ASPETTANDO UN'OPERA DEL GENERE!
IO POSSO ANCHE ASPETTARE!
QUINDI, FORZA!
SWISH
"FORZA" UN CAVOLO!
NON PRENDERTI TUTTE 'STE LIBERTÀ!
VA BENE. ALLORA IO NON DISEGNO.

... QUEL TIPO ERA...
PAFF
FATE VEDERE ANCHE A ME!
MAESTRO KAZANIN?!
UH! UH! UH!
MOLTO INTERESSANTE!
SARÀ SERIALIZZATO, VERO?
NO...
UH? E COME L'AVETE SCOPERTO?
GUU GUUU
IL MAESTRO AVEVA UNA STRANA SENSAZIONE RIGUARDO LA SUA OPERA E ALLORA ABBIAMO FATTO ALCUNE RICERCHE.
IL RESPONSABILE, NAKAMURA, È SCOMPARSO... QUANDO HO CHIAMATO IL MAESTRO PER CHIEDERE SE SAPESSE QUALCOSA, È VENUTO FUORI CHE NAKAMURA NON AVEVA MAI PRESENTATO IL *NAME* NELLE RIUNIONI PER LE SERIALIZZAZIONI.
BE', NON AVEVO AVUTO NOTIZIE SULL'ESITO PRIMA DELLA SCOMPARSA...
SOLO UNA... SENSAZIONE?
DI SOLITO QUANDO SI VIENE A SAPERE DI UNA PERSONA SCOMPARSA NON È NORMALE CHIEDERE DEL PROPRIO LAVORO, NO?
FLINCH

PERÒ, RIFLETTICI UN ATTIMO.
IL RESPONSABILE DEL MAESTRO TŌDŌ È NAKAMURA.
COME POSSIAMO DARE IL VIA ALLA SERIALIZZAZIONE MENTRE NON SI SA CHE FINE ABBIA FATTO?
SARÀ ANCHE UN TIPO FUORI DI TESTA, MA SE SI PARLA DI MANGA, PERFINO IO RICONOSCO LA SUA BRAVURA COME EDITOR.
CERTO, SAREBBE IMPERDONABILE SE AVESSE NASCOSTO I LAVORI PER CATTIVERIA.
MI VIENE DIFFICILE CREDERE CHE ABBIA TENUTO NASCOSTO QUALCOSA DI QUESTO CALIBRO SOLO PER MALIZIA.
PER PRIMA COSA VOGLIO CAPIRE LE SUE MOTIVAZIONI.
COMUNQUE, NON SI PUÒ RISERVARE UN TRATTAMENTO SPECIALE PER IL MAESTRO TŌDŌ E FAR FINTA DI NULLA CON GLI ALTRI AUTORI CHE SEGUIVA.
È UNA QUESTIONE DI FIDUCIA E RESPONSABILITÀ, NON POSSIAMO TRATTARE LA COSA CON LEGGEREZZA.
...
STA INSINUANDO CHE QUEL TIPO...
...AVREBBE ANCHE POTUTO AVERE DELLE IDEE PER MIGLIORARE IL MIO LAVORO?!
MA NON SCHERZIAMO!
SIGNOR CAPOREDATTORE...

INTERESSANTE.
È DECISAMENTE AL LIVELLO DI ESSERE SERIALIZZATO.
STA DICENDO CHE...?
MA PURTROPPO NON ABBIAMO SPAZIO PER UNA NUOVA OPERA.
TSK!
PERÒ, SIGNOR CAPOREDATTORE, È COLPA DI QUELLO CHE HA FATTO NAKAMURA!
NON POSSIAMO PERMETTERCI DI MANCARE DI RISPETTO AI LETTORI E A UNO SCRITTORE CHE HA CONTRIBUITO AL SUCCESSO DI *FUNDAY* PER COLPA DI UNO DEI NOSTRI EDITOR!
SECONDO IL PIANO EDITORIALE C'È ANCORA TEMPO, NON SI POTREBBE ESSERE PIÙ FLESSIBILI?
IN EFFETTI, HAI RAGIONE.

SIGNORINA SAKURA!
È ARRIVATO IL CAPOREDATTORE!
GIUSTO.
SE OGGI SONO VENUTO QUI NON È PER ESSERE INVIDIOSO DEGLI ALTRI AUTORI.
SONO QUI PER PARLARE CON IL CAPOREDATTORE...
... E GUADAGNARMI UNO POSTO FRA LE PUBBLICAZIONI!
LUI È IL MAESTRO TŌDŌ!
Katsutoshi Kogane Caporedattore di *Shōnen Funday*
BUONASERA.
ALLORA, HA AVUTO MODO DI SFOGLIARE IL *NAME* DEL MAESTRO?
SÌ.

WOOOAAA
OH! OH! OOOH! CONGRATULAZIONI PER AVER VENDUTO PIÙ DI CENTO MILIONI DI COPIE CON *LE TRACCE DELLA TRASCENDENZA*!
HA GIÀ IN MENTE LA PROSSIMA SERIE?!
È VENUTO ANCHE IL MAESTRO KAZAN?
NON L'AVEVO MAI VISTO IN FACCIA!
BLA
BLA
MI FA L'AUTOGRAFO?
AAH...
COSA CI VEDRANNO IN 'STO QUA...
AH! ALLORA È VENUTO!
MAESTRO TŌDŌ!

ゆらり
GLOOOM
LA TUA ULTIMA PUBBLI-CAZIONE ERA TER-RIBILE.
KAZANIN
Mangaka di genere *Mistery*
OH... MAESTRO KAZAN...
L'ULTIMA PERSONA CHE AVREI VOLUTO IN-CONTRARE.
COME VA?
È L'AUTORE DI *NEBULA ALIENA* SE NON ERRO...
CHE PECCATO.
E DIRE CHE I SUOI LAVORI MI PIACEVANO ANCHE...
MA CHE-...?!
TRAN-QUILLO, IL MAESTRO KAZAN È MOLTO SCHIETTO QUANDO PARLA DI MANGA.
PERÒ A ME È PIACIU-TO!
E A ME PUÒ NON PIACE-RE?
MA QUELLO È IL MAE-STRO KAZANIN?
BLA BLA
QUEL MAESTRO KAZANIN?
SÌ. E TU SEI?

DOPOTUTTO, NON È VERO CHE NON HO MAI FATTO NULLA DI BUONO...
NON SONO POI COSÌ PESSIMO, DAI!
OKAY!
FRUP
スッ
PER PRIMA COSA FACCIAMO UN BEL BRINDISI IN ONORE DEL NOSTRO GRUPPO!
OOOH?
MA NON È IL MAESTRO TŌDŌ, QUELLO?

EHM...
SONO IO, AI NANASE! LA SUA VECCHIA ASSISTENTE!
EH?! AI, CIA... EHM... BUONGIORNO, MAESTRA NANASE!
TI TROVO IN FORMA...
LASCIAMO PERDERE CON I CONVENEVOLI!
ORMAI LA DONNA SOVRUMANA È AL QUINTO VOLUME, VERO? FANTASTICO!
È TUTTO MERITO DI QUELLO CHE HO IMPARATO QUANDO LAVORAVO CON LEI!
NO! NO! ANCHE UN ROVO DI SPINE PUÒ FAR CRESCERE UNA SPLENDIDA ROSA!
EH! EH!
MUNCH MUNCH
モリモリ～
EH! CIAO, AI!
チッ
SPARKLE
NON CHIAMARMI PER NOME, YŪ!
MA IL MAESTRO TI CHIAMAVA SEMPRE COSÌ...
E ANCHE TU MI STAI CHIAMANDO PER NOME...
IL MAESTRO PUÒ!
KYAAA
ギャ
KYAAA
ギャー
PIUTTOSTO, SBRIGATI A VINCERE QUALCHE PREMIO!
S-SÌ, LO SO...

PERÒ, PER UNO COME ME...
... CHE NON PUBBLICA NULLA DA DUE ANNI...
EHILÀ, CHI SI VEDE!
... NON C'È NULLA DI PEGGIO CHE RITROVARSI A FACCIA A FACCIA CON GLI AUTORI DI PUNTA DEL MOMENTO.
I LORO CENNI COI BICCHIERI MI APPAIONO CARICHI DI SARCASMO...
... E MI SENTO SOFFOCARE.
MI MANCA L'ARIA.
!
È DA UN PO' CHE NON CI INCONTRIAMO!
BOW
EHM...
MAESTRO TODO? È LEI, VERO?

EVENTO DI SHŌNEN FUNDAY.
YAY
YAY
YEEE! NON STO NELLA PELLE!
CAP. 7 IL GRANDE AUTORE
SEI DAVVERO COSÌ SU DI GIRI?
MA CERTO CHE SÌ!
VISTO CHE È UN EVENTO DOVE SI RADUNANO TANTISSIMI AUTORI FAMOSI...
BLA
BLA
... C'È UN FANTASTICO BUFFET DOVE SI PUÒ MANGIARE TUTTO QUELLO CHE SI VUOLE!
VADO A PRENDERE QUALCOSA ANCHE PER LEI, MAESTRO!
OKAY ...
IN FONDO, PER UN ASPIRANTE MANGAKA...
... QUESTO POSTO DEV'ESSERE UN SOGNO.

...NON RIUSCIRAI A CANCELLARE I TUOI PECCATI.
E TU FACEVI LA PREDICA A ME?
"CIÒ CHE INTERESSA AL PUBBLICO SONO LE OPERE NATE DALLE ESPERIENZE E DAI TRAUMI DELLO SCRITTORE", EH?
ZUU
ZUUUUU
CHISSÀ QUALE SARÀ L'EPILOGO...
...DELLA TUA STORIA, MAESTRO!
ZUUU
NON VEDO L'ORA!

SWISH
ZUP
SPA-RISCI!
QUEL TUO POTERE È DAVVERO INCREDIBILE.
ZUUP
SPARI-SCI...
TUTTO...
SBAM
SPARI-SCI!
PUFF
FINIRAI COL FAR SPARIRE OGNI COSA.
SPAR...
PERÒ, MI SPIACE PER TE, MA...

SPARI-
SCIII!
PUFF
GIÀ.
SAREBBE PROPRIO BELLO FAR SPARIRE TUT-TO CIÒ CHE CI INTRALCIA.

UGH...!
DASH
"MI SONO SBARAZZATO DI UN IMPEDIMENTO!"
"SICURAMENTE ORA ANDRÀ TUTTO PER IL MEGLIO!"
TSK! CERTO...
TU...
... È DA UN PO' CHE NON DORMI COME SI DEVE...
... TI SEI SEMPRE DEDICATO A DISEGNARE EROI...
... E LA TESTA TI STA GIOCANDO UN BRUTTO TIRO!
... E ORA IL TUO SUBCONSCIO TI STA SUSSURRANDO QUALCOSA, SBAGLIO?
ALLA FINE...
... IL MALE VIENE SEMPRE SCONFITTO.

"HO FATTO BENE A UC-CIDERE NA-KAMURA!"
STAI PENSAN-DO QUAL-COSA DEL GENERE, VERO?

PERÒ SONO CONTENTO.
ORA SI È FINALMENTE...
... APERTO UNO SPIRAGLIO.
FIUU!

SI FIDI DI ME!
ガッ
GRAB
IO NON LE VOLTERÒ MAI LE SPALLE, MAESTRO!
DOBBIAMO FARE QUALCOSA PER CONQUISTARE IL CAPOREDATTORE!
フーッ
SBUFF
QUINDI LA PREGO DI VENIRE!
ギュッ
STRIZZ
S-SÌ...
ALLORA CI VEDIAMO ALL'EVENTO!
È TRE ANNI CHE LAVORA LÌ, EH?
CHE PASSIONE...
どすっ
TUMP

AH... CAPISCO...
PER QUESTO MOTIVO HO PENSATO A UN PIANO D'AZIONE!
HOP
UN PIANO?
SÌ, ESATTO!
DOPODOMANI CI PRESENTEREMO ENTRAMBI ALL'EVENTO ORGANIZZATO DALLA RIVISTA...
PAFF
... E PARLEREMO DIRETTAMENTE CON IL CAPO REDATTORE!
EVENTO?
NON HA RICEVUTO L'INVITO?
L'EVENTO ANNUALE DOVE SI RIUNISCONO GLI AUTORI E...
SÌ, L'HO AVUTO...
A ESSERE ONESTI...
... PER UNO COME ME CHE NON STA PUBBLICANDO DA UN PO'...
... PRESENTARSI A UNO SFAVILLANTE RADUNO DI MANGAKA...
... È SOLO UN COLPO AL CUORE.
DOBBIAMO ANDARCI ASSOLUTAMENTE!
NIENTE MA!
STARE

VA TUTTO BENE?
PLIC
SNIFF
S-SÌ...
M-MENO MALE...
CAPISCO CHE NAKAMURA...
NO, LA PREGO, CONTINUI!
ALLORA...
FRUSH
FRUSH
...È QUESTA LA VERA RISPOSTA DELLA REDAZIONE.
DURANTE QUESTI DUE ANNI NON SONO MAI STATO IO IL PROBLEMA!
DETTO QUESTO... SERIALIZZARE FIN DA SUBITO, PURTROPPO...
EH?!
STIAMO GIÀ SERIALIZZANDO TANTISSIME ALTRE OPERE E NON C'È PIÙ SPAZIO.

CONFESSO CHE L'INCIPIT NON È NULLA DI STRAORDINARIO...
... E HO PENSATO FOSSE UN LAVORO CHE CERCAVA SOLO DI ESSERE ACCATTIVANTE.
MA POI LO SVILUPPO HA SUPERATO OGNI MIA ASPETTATIVA, SA?!
UAOOO
FLIP FLIP
QUESTO SÌ CHE È CIÒ CHE SI DICE "ROMPERE GLI SCHEMI"! CI SONO RIMASTA!
ANCHE LA CRESCITA DEI PERSONAGGI È SUL PEZZO!
MI È SUBITO VENUTA VOGLIA DI SAPERE COME IL RAPPORTO FRA I PROTAGONISTI SI MODIFICHERÀ COL PASSARE DEL TEMPO...
L'AMICO D'INFANZIA, POI, A ME PIACE DA PAZZI!
FU FU FU
QUANTO VORREI USCIRCI INSIEME E ANDARE A FARE SHOPPING!
NON HO IDEA DEL PERCHÉ NAKAMURA NON LO ABBIA MAI PRESENTATO...
... MA SAREBBE UN GRAN PECCATO NON PORTARLO AGLI OCCHI DEL PUBBLICO!
UH?!
M-MAESTRO...?

È DAV-VERO...
... IN-TERES-SANTE!
SPARKLE

... IL MIO NAME STAVOLTA...
... È STATO LETTO?
S-SÌ! L'HO LETTO CON ATTENZIONE APPENA ME L'HA MANDATO.
E COME L'HA TROVATO?
NON VOGLIO ESSERE SCORTESE...
... MA È GIUSTO CHE LA AVVISI.
QUINDI...
... SARÒ FRANCA.
NON SARÒ ACCONDISCENDENTE SOLO PERCHÉ C'È STATO QUALCHE DISGUIDO.
HO INTENZIONE DI FARE IL MIO LAVORO CON LA MASSIMA SERIETÀ.
ゴクリ
GLOM

NAKAMURA NON HA PRESENTATO IL SUO LAVORO E HA TENUTO LA REDAZIONE ALL'OSCURO DI TUTTO.
CHE...
CHE PEZZO...
CHE PEZZO DI MERDA!
GIÀ IN PASSATO ERA STATO RIMPROVERATO PERCHÉ IGNORAVA LE PROPOSTE DEGLI ARTISTI...
... E LI OBBLIGAVA A DISEGNARE SOGGETTI A CUI AVEVA PENSATO LUI.
POTREBBE ANCHE ESSERE CHE LA SUA SCOMPARSA SIA LEGATA A QUESTA QUESTIONE...
LE CHIEDIAMO INFINITAMENTE PERDONO!
PIÙ CHE ALTRO...
...

... QUI NON È MAI ARRIVATO.
MI STAVO PREOCCUPANDO ANCH'IO.
Capisco… Allora se per caso dovesse avere notizie…
SARETE I PRIMI A SAPERLO.
Scusi il disturbo. A presto.
UN ATTIMO!
NON È CHE LEI HA LETTO LE MIE BOZZE PER LA SERIE, SIGNORINA SAKURA?
EH?
Se non sbaglio, quando si parla di una serie, le leggono tutti i membri della redazione, no?
Volevo sapere cosa ne pensa…
C-COME?!
Non mi risulta che lei avesse presentato nessun lavoro…
EH?
NAKAMURA AVEVA DETTO DI AVERLO PORTATO IN REDAZIONE…
COM'È POSSIBILE?
EHM, MI SONO INFORMATA SULL'ACCADUTO...

MI CHIAMO HANA SAKURA!
SONO TRE ANNI CHE LAVORO NELLA REDAZIONE DI *SHŌNEN FUNDAY*.
ECCO... PER QUELLA COSA CHE LE HO ACCENNATO AL TELEFONO...
OH, GIÀ.
È da un po' che Nakamura non viene al lavoro...
... Ne sa qualcosa per caso?
NAKAMURA...

CAP. 6 LA NUOVA RESPONSABILE

AH! IL DIPARTI-MENTO EDITO-RIALE…
ペコ
Esatto. ecco, vede…
… Ci risulta che Nakamura fosse uscito per venire da lei…
… Ma è da un po’ che non viene al lavoro…
… Ne sa qualcosa per caso?

* RIFERIMENTO A *SHŌNEN SUNDAY*, FAMOSA RIVISTA MANGA EDITA IN GIAPPONE DA SHŌGAKUKAN. N.D.T.

ANF
ANF
CIP
CIP
ERA SOLO UN SOGNO...
RIIING
!

PUFF
COSA INTENDE DIRE?
C-COS... YŪ?!
ODORE DEL CA-DAVERE?
FLICK
QUINDI LEI È UN ASSAS-SINO, MAE-STRO?
NO, IO VOLE-VO...
FRUP
... PRO-TEG-GE-RE TE...
MI DISPIA-CE...
... MAE-STRO...
... MA IO SONO UN EROE!
SPLAT

RICAPITOLIAMO...
MI SONO OCCUPATO DEL CADAVERE...
HO RIPORTATO A CASA YU SENZA GROSSE FERITE...
... EHM...
PAFF
ボスッ
TUTTO SECONDO I PIANI...
... PER IL MOMENTO.
L'ODORE DEL CADAVERE È DAVVERO ANDATO VIA? MI CONVIENE RICONTROLLARE LO STUDIO?

GLOM
VABBÈ, ANDIAMO IN OSPEDALE.
NO, NON È NIENTE DI GRAVE!
VRRR
GRRR
NON CI PROVARE!
KYAAA
POI UN'ALTRA COSA...
IN EFFETTI SONO DOLORANTE...
MA VA?!
... TE LO DICO IN QUALITÀ DI MANGAKA TUO INSEGNANTE...
VRRROOOOM
... LE TUE MANI SONO PREZIOSE, EVITA DI FARTI MALE.

TA-DAAAN
ド
... È UN DIALOGO PRESO DA IL RAGAZZO DI FUOCO!
AIUTARE QUALCUNO IN DIFFICOLTÀ È UNA PRIMA APPARIZIONE PERFETTA!
ン
IO VOGLIO DIVENTARE UN SUPEREROE...
ALTRO CHE FARE L'EROE PER RACCOGLIERE MATERIALE...
È ASSURDO...!
... LUI È CRESCIUTO...
... CON L'IDEA DI VOLER DIVENTARE DAVVERO UN EROE!

... MI SERVE ANCHE LA MASCHERA, NO?
YŪ?!
È UN POTERE DAVVERO INCREDIBILE.
QUANDO SPARISCO, SPARISCONO ANCHE LE COSE CHE STO TOCCANDO IN QUEL MOMENTO.
SCEMO, NON DEVI AGIRE DI TESTA TUA!
È ANCORA PRESTO PER QUESTE COSE!
GULP
GASP
QUELLE ROBE DEVI LASCIARLE ALLA POLIZI...
PERÒ...
... SE NON FOSSI INTERVENUTO, QUELLA COPPIA CI SAREBBE ANDATA DI MEZZO.
E ALLORA?!
E POI...
... AIUTARE QUALCUNO IN DIFFICOLTÀ È UNA *PRIMA APPARIZIONE* PERFETTA.
SBAGLIO?
TSK...
HO CAPITO...

... C-CE L'HO FAT-TA...
ZUP
ANF
ANF
ANF
Y- YŪ...
EH... GIÀ...
EH! EH!
FRUP
MI SONO PORTATO UN PO' DI ROBA DA CASA...
IN FONDO, SE DEVO FARE L'EROE...

SO-SPET-TATO IMMO-BILIZZA-TO!
TSK!
YŪ...?
TORNA QUA, YŪ!
MAE-STRO...

COSA?!
GRAB
BRAM
MA CHE CAZZO?!
GRAB
LASCIAMI!
ALLORA ERA DAVVERO STRAFATTO!
MOLLAMI!
OOOOAAAAH!
WHACK
SBAM
ANF
ANF
NGH
SE N'È ANDATO...?
ANF
SBADABAM
UAGH!

THUMPF
ドッ
BENE!
È IN-
CIAM-
PATO!
GGH
ヨロ..
TSK!
AAH
ARREN-
DITI!
UUUGH...
COSA
DIAVO-
LO...
SCIAFF
ギュッ
NGH
ギュゥゥ...
UGGGH...

FIOOOM
グラッ
SBAM
ガッ
P 24h
空
クレジットカード
1400円
テナント募集
新宿区では区内全域が
路上喫煙禁止です。

ZAAASH
AAARGH!
WHACK

FERMATI!
FUORI DAI PIEDI!
BAM
QUEI DUE PICCIONCINI...
... SONO IN MEZZO ALLE PALLE!
AH?!

YŪ È SPARITO!
CAP. 5 EROE
NON È CHE È DIVENTATO INVISIBILE...
TAP
... E SI È MESSO IN TESTA DI FERMARE QUEL TIZIO?!
THUD
GLI HA DATO DI VOLTA IL CERVELLO?
AFFRONTARE UN GIGANTE COME QUELLO COME PRIMO AVVERSARIO...
YŪ...

NON PUÒ
ESSERE!
SBAM
TAP
TAP
TAP
TAP

FILIAMOCELA FINCHÉ SIAMO IN...
ガチャ GNEE
...
YŪ?

EHI, FERMO LÀ!
DAAN
FIII
!
CHE SUC-CEDE?!
FER-MALO!
UN IN-SEGUI-MEN-TO?!
È UNO SPAC-CIATO-RE!
ORA SI SPIEGA ANCHE IL POLI-ZIOTTO DI PAT-TUGLIA...
CHE BOT-TA DI CULO!
CLANG
YŪ!

MI È SEMBRATO DI SENTIRE UN RUMORE, SBAGLIO?
UHM...
HOP
MERDA!
SE SI AVVICINA DI ANCORA UN CENTIMETRO È LA FINE!
FRUUU

PREGO.
GNEEK
ギィ
UHM...
OTTIMO!
PER SCRUPOLO AVEVO GIÀ RESO TUTTO IN-VISIBILE.
NON SI ACCORGERÀ DI NULLA!
SEMBRA TUTTO IN REGO-LA.
OH
ほっ
FRUSH

MERDA!
EHM...
... NOI STIAMO RACCOGLIENDO MATERIAL...
NON C'È UN PARCHEGGIO VUOTO NEMMENO A PAGARLO ORO...
UMPH
CE N'È UNO PROPRIO LÀ.
...
MA È VERO! CHE FORTUNA!
...
PRIMA FAVORISCA LA PATENTE, PREGO.
C-CERTO!
FRUSH
FRUSH
APRA ANCHE IL BAGAGLIAIO.
UGH?!
CHE C'È?!
GASP
NON STARÀ TRASPORTANDO NULLA DI STRANO, SPERO.
UUUGH!!

UH? MA QUELLO CHE HAI APPENA DETT...
TOC
TOC
MI SCUSI, POSSO DISTURBARLA UN SECONDO?
UNO SBIRRO?
NON HA DI MEGLIO DA FARE?
CHE SUCCEDE?
SENTA...
VZZZZ
... È DA UN PO' CHE LA VEDO BAZZICARE QUA ATTORNO...
... NON È CHE È SUCCESSO QUALCOSA?

DOVRÀ PUR ESSERCI QUALCOSA DI PIÙ ADATTO A TE, YŪ!
AH! MAESTRO!
EHI, IO SONO UN DIRIGENTE, CAPITO!
C'È UN UBRIACONE CHE INFASTIDISCE UNO!
ANCHE QUELLA È ROBA PER I POLIZIOTTI.
QUEL TIPO MOLESTO ALLORA? EHI, BELLA, PERCHÉ NON VIENI CON ME?
EH?! MA SPARISCI!
CI SONO SEMPRE.
È SCOPPIATA UNA RISSA!
ANCHE IO SONO UN DIRIGENTE, ALLORA?
RISPETTO A ME NON SEI NESSUNO!
TROPPO PERICOLOSO PER TE, YŪ.
MA ALLORA NON C'È NIENTE CHE VADA BENE!
NULLA CHE SERVE A NOI!
QUALCOSA DI DEGNO PER UNA PRIMA APPARIZIONE...
... AIUTARE QUALCUN...
MA COSA DIAVOLO STA DICENDO?!
CHE TI GRIDI!

A 'STO GIRO È LA RAGAZZA CHE GLIELE STA SUONANDO!
TI HO DETTO CHE QUELLE COME LEI NON MI PIACCIONO, NO?!
SBAM
SBAM
SEI TU LA MIA PREFERITA!!
CERTO CHE SHINJUKU È PROPRIO UN POSTO TERRIFICANTE!
POVERO RAGAZZO!
OKAY.
PIP
AH! MAESTRO! CHE C'È?!
IN AMORE I BISTICCI FANNO PARTE DEL GIOCO.
CON QUANTE ALTRE SEI STATO?!
KYAA KYAAA
NON È DI CERTO UN PALCOSCENICO PER UN EROE.
LASCIAMO CHE CI PENSI LA POLIZIA.
SBAM

CHE SUCCEDE, YŪ?
Maestro, è successa una cosa!
Un uomo sta assalendo una ragazza!
UGH!
DOVE TI TROVI?
Vicino alla macchina!
Merda! Io vado!
ASPETTA CHE ARRIVI ANCHE IO!
DASH
Oh, cazzo!
?!

COL POTERE DI RENDERE INVISIBILE CIÒ CHE TOCCO...
... NON POSSO FAR SPARIRE SOLO L'INTERNO DEI SACCHETTI.
DURANTE GLI SPOSTAMENTI HO DECISO DI RENDERE TRASPARENTI SIA I SACCHETTI CON I CADAVERI...
... CHE QUELLI CON DELL'IMMONDIZIA NORMALE.
ZUP
POI, QUANDO È ORA DI SBARAZZARMENE FACCIO TORNARE VISIBILE SOLO QUELLI CON LA SPAZZATURA.
FRUSH
INSERENDO POI AL LORO INTERNO QUELLI ANCORA INVISIBILI CONTENENTI IL CORPO...
... MINIMIZZO LE POSSIBILITÀ CHE QUALCUNO SI ACCORGA CHE CI SONO RESTI UMANI ALL'INTERNO.
FLIP
OVVIAMENTE, YŪ NON NE SA NULLA.
DEVO FARE FINTA DI NULLA...
... E LASCIARE CHE SI CONCENTRI SUL DIVENTARE UN EROE.
DRIIN
DRIIN
!

STAMATTINA MI SONO PROCURATO UN TELEFONO NUOVO PER RIMPIAZZARE QUELLO CHE MI È STATO ROTTO...
... E POI SONO ANDATO DA YŪ.
HO FATTO IL GIRO DI TUTTI I PUNTI DI RACCOLTA DELL'IMMON-DIZIA CHE VERRANNO SVUOTATI DOMANI...
... LASCIANDO IN OGNUNO UN SACCHETTO CONTENEN-TE QUALCHE BRANDELLO DI NAKAMURA...
... IN MODO CHE VEN-GANO RACCOLTI INSIEME AGLI ALTRI SACCHI DELL'IM-MONDIZIA.
NON ME NE RIMAN-GONO MOLTI.
Ci sono te-lecamere qui?
IERI HO FATTO ALCUNE PROVE.

...È IL CASO CHE MI METTA ALL'OPERA ANCHE IO.
CLANG
IERI...
...HO RIEMPITO IL BAGA-GLIAIO DELL'AU-TO...
THUMP
FRUSH
...CON I PEZZETTI DI NAKA-MURA.
DEVO SBA-RAZZARMI DI TUTTI I SACCHETTI ENTRO LA FINE DELLA GIORNATA...
...PRIMA CHE IL COR-PO INIZI A MARCIRE E A PUZZARE.

E POI È PROPRIO PER VEDERE SE TRO-VAVAMO DI MEGLIO CHE STASERA ABBIAMO DECISO DI VENIRE A SHINJUKU, NO?
VRRROOOM
SPE-RIAMO SUCCEDA QUAL-COSA DI GRAVE!
EH! EH! EH!
BAH...
NON È COSÌ SEMPLI-CE.
HAI AC-CESO IL GPS DEL CELLU-LARE?
BENE, INIZIA A PERLU-STRARE LA ZONA!
SÌ!
LUX
TAP TAP
PIP
BENE...

PERCHÉ SEI COSÌ TRAN-QUILLO...
... GIAPPO-NE?!
PERÒ ABBIAMO GIÀ AIUTATO TRE PERSO-NE!
PRIMA LA VECCHINA SULLE STRISCE...
... POI L'ANZIANA SUL PAS-SAGGIO SOPRAE-LEVATO...
... E AN- E LA ESA I...
SÌ, MA ORA BASTA CON LE NONNINE!
PER FARE QUELLE ROBE NON SERVE MICA CHE TU SIA CAPA-CE DI DIVENTARE INVISIBILE, NO?
NON POS-SO USAR-LE COME REFEREN-CE PER IL MANGA!
L'ULTIMO ERA UN NONNINO, NON UNA NONNINA, PERÒ!

CAP. 4 DOCUMENTAZIONE

DEVO DIRE CHE MI SENTO UN PO' STRANO.
MI BASTA RENDERLO INVISIBILE...
ZUUU
... PER FAR SPARIRE ANCHE I SENSI DI COLPA.
GNEEK
DEVO CALMARMI...
... E NON ESSERE IMPRUDENTE.
NON POSSO PERMETTERMI...
... CHE VENGANO TROVATI PROPRIO QUI.
TUMP

ECCO PERCHÉ ALLA FINE IERI HO DECISO DI FARE A PEZZETTINI...
... IL CORPO DI NAKAMURA.
HO FATTO BENE A MISCHIARLO CON IL RESTO DELLA SPAZZATURA.
PERÒ A QUANTO PARE È UN PO' PESANTE E HA DESTATO QUALCHE SOSPETTO.
TI SMINUZZERÒ ANCORA DI PIÙ.
FARÒ IN MODO CHE NON SI POSSA RICONOSCERE NEMMENO DALLA FORMA E ME NE SBARAZZERÒ UNA VOLTA PER TUTTE...
... PRIMA CHE INIZI A PUZZARE DI MARCIO.

OTTIMO!
ALLORA POSSO SBARAZZARMI ANCHE DEL RESTO!
ALL'INIZIO...
...AVEVO PENSATO CHE LA COSA MIGLIORE FOSSE GETTARLO DA QUALCHE PARTE IN MONTAGNA O AL MARE, VISTO CHE L'AVEVO RESO INVISIBILE.
MA SE QUALCUNO TOCCANDOLO SI ACCORGESSE CHE SI TRATTA DI UN CADAVERE?
O SE QUALCUNO FINISSE CON L'INCAPPARCI PER CASO?

ZAASH
È SOLO L'UMIDO DELLA CUCINA...
EH? MA COME È POSSIBILE?
DAI CHE ABBIAMO FRETTA, ICHIMURA!
GLI AVANZI DELLE COSE BUONE PESANO DI PIÙ, SAI?
MA CHE DICI?
FRUSH
VRRR

FRUSH
CHE FATICA!
PESA COSÌ TANTO?
SEMBRA QUASI CI SIA DENTRO QUALCOSA...
TONK
どすっ
SARÀ NORMALE SPAZ-ZATURA, NO?
...
SO CHE ABBIAMO FRETTA, MA...
RIP
RIP

E SE CI FACESSIMO UN SONNELLINO E INIZIASSIMO OGGI POMERIGGIO?
SU, TORNA A CASA ANCHE TU.
TWAP
PASSO DOPO IN MACCHINA A PRENDERTI.
S-SÌ...
L'ASPETTO, QUANDO VUOLE!
CLACK
EH! EH! EH!
VRRR
TAP TAP TAP
GNEEK
SE NE TORNA A CASA SOLO ORA, CHE DOLCE!
MA È UN MASCHIO, NO?
MASCHIO O FEMMINA, A ME VA BENE TUTTO!
PAM
PAM
FORZA, CHE SIAMO IN RITARDO...
CLANG
UH...?
FRUSH

PER PRIMA COSA DEVO PORTARE A TERMINE IL DELITTO PERFETTO E ASSICURARMI CHE IL CADAVERE DI NAKAMURA NON VENGA SCOPERTO.
ZUP
MA PER QUANTO POSSA SPERARCI...
...NON È DETTO CHE CI RIESCA.
E DI CONSEGUENZA SI PASSA ALLA SECONDA COSA.
DEVO FARE IN MODO CHE YŪ DIVENTI INDIPENDENTE PRIMA CHE QUALCUNO SCOPRA COSA HO FATTO.
CERCHERÒ DI FARGLI FARE PIÙ ESPERIENZE POSSIBILI.
INFINE...
...DEVO ASSICURARMI CHE L'OPERA VENGA SERIALIZZATA.
L'IMPORTANTE È RIUSCIRE A LASCIARGLI TUTTE LE OPPORTUNITÀ CHE POSSO.
NON HO TEMPO DA PERDERE.
FLIP
BENE!
ZAZAZAK
LA VITA DA SUPEREROE INIZIA PROPRIO OR...!
DOOONG
MAESTRO?!
UGH... LA NOTTE IN BIANCO SI STA FACENDO SENTIRE...
UFF UFF
VA TUTTO BENE?

SHAKE SHAKE SHAKE
... TROPPO FIGHISSIMISSIMO!
SHAKE SHAKE SHAKE
SNIFF
IO... IL SUO MANGA...
NON ENTUSIASMARTI TROPPO.
PAT
ANCHE L'ESPERIENZA DA SUPEREROE TI SERVIRÀ PER IMPARARE!
E POI TU SEI ANCORA UN NOVELLINO, NON DIMENTICARTELO.
DEVI SFRUTTARE QUESTA POSSIBILITÀ PER DIVENTARE INDIPENDENTE!
SHAKE
INTESI?
SÌ!
SNIFF
BENE, ORA DEVO PREOCCUPARMI DI TRE COSE.

ALL'APPARENZA, È UN MANGAKA ALLE PRIME ARMI SULL'ORLO DI GETTARE LA SPUGNA.
MA IN REALTÀ...
... È LO SCENEGGIATORE DEL MANGA DI CUI È PROTAGONISTA!
ZERO, UN EROE IN CARNE E OSSA!
FIGO, NO?
ぐっ
SMILE
...
È...

HO MESSO TUTTO ME STESSO IN QUEL PROGETTO, ANIMA E CORPO.
ED ECCO CHE IERI IL MIO ALLIEVO PREDILETTO SCOPRE DI POTER DIVENTARE INVISIBILE!
È STATO IL DESTINO A FARCI INCONTRARE, NON C'È ALTRA SPIEGAZIONE!
NE USCIRÀ QUALCOSA DI UN REALISMO MAI VISTO!
TI PREGO, COLLABORA CON ME!
P-PERÒ LA COSA PIACERÀ AL SUO EDITOR, MAESTRO?
HO PENSATO ANCHE A QUELLO!
LA MIA IDEA È QUELLA DI USARE UN NOME DI PENNA E TENERE NASCOSTA LA TUA IDENTITÀ!
N-NON SAPREI...
CHE NE DICI DI ZERO!
POINT
EH? MA NON È IL NOME DEL PROTAGONISTA?
ESATTO!

... STAVO PENSANDO DI TRASFORMARE L'EROE TRASPARENTE ZERO...
... IN UN'OPERA A QUATTRO MANI.
TU TI OCCUPERAI DEL SOGGETTO E IO DELLE ILLUSTRAZIONI.
COSA?!
BAM
ASSOLUTAMENTE NO!
QUELLA È LA SUA OPERA!
IO NON C'ENTRO NIENT...
TE NE SEI ACCORTO ANCHE TU, VERO?

DA OGGI DIVENTERAI UN EROE!
TUMP
E IO TRADURRÒ LE TUE ESPERIENZE SU CARTA!
QUESTA OPPORTUNITÀ PIÙ UNICA CHE RARA...
... AIUTERÀ ANCHE TE A DIVENTARE UNO SCRITTORE MIGLIORE, NE SONO CERTO!
...!
E POI...

MA IO HO LA SOLUZIONE PER TE...
... YŪ!
DIVENTERAI L'EROE PROTAGONISTA DEL MIO MANGA!
SONO ANCORA PIÙ CONFUSO DI PRIMA.
IERI HO RIFLETTUTO SUL FATTO CHE HAI ACQUISITO LA CAPACITÀ DI DIVENTARE INVISIBILE.

EH...?
"MI PIACCIONO GLI EROI".
DAL TUO *NAME* SI CAPISCE BENISSIMO.
MA NON C'È ALTRO.
LA STORIA... I PERSONAGGI...
POTREBBE AVERLO SCRITTO CHIUNQUE.
PERÒ QUELLO CHE VOGLIONO I LETTORI...
... NON È QUALCOSA DI SCRITTO DAL PRIMO CHE PASSA.
CIÒ CHE INTERESSA AL PUBBLICO SONO LE OPERE NATE DALLE ESPERIENZE E DAI TRAUMI DELLO SCRITTORE.
IN SOSTANZA, VOGLIONO INCONTRARE PERSONAGGI ORIGINALI, CHE POSSONO TROVARE SOLO SE LEGGONO LE TUE STORIE.
TU, PERÒ, NON RIESCI A FAR USCIRE QUELLO CHE HAI DENTRO E A METTERLO SU CARTA.
ECCO SPIEGATO PERCHÉ I TUOI MANGA RISULTANO CONFUSIONARI E SUPERFICIALI.
COSE COSÌ TI SARANNO STATE DETTE GIÀ CHISSÀ QUANTE VOLTE, VERO?
...
PERÒ NON SO COME DOVREI FARE...
È PROPRIO VERO CHE NON RIUSCIRÒ MAI A DIVENTARE UN MANGAKA...
PER ORA È COSÌ.

COSÌ NON VA.
LO SA-PEVO...
う..
UUH
PRIMA DI TUTTO...
... TU NON HAI ANCO-RA FATTO I CONTI CON TE STESSO.

E SE ORA MI DICE CHE NON HO ALCUN TALENTO?
NON CI SIAMO PROPRIO.
FLAP
バサ
NON RIUSCIRÒ MAI A DIVENTARE UN MANGAKA...
VEDI DI DARCI UN TAGLIO.
ANCHE IL MAESTRO GETTERÀ LA SPUGNA CON ME...
FINIRÒ COL PERDERE ANCHE...
NNNGH
ぎゅううう...
...L'UNICO POSTO IN CUI MI SENTO A CASA!
OKAY.
GULP
ビクッ
TUMP
TUMP
HO CAPITO.

GLU
ゴクッ
UHM...
SPARKLE
E COSÌ TI HA DETTO CHE ERA PESSIMO, EH?
OKAY
... PERCHÉ NON MI FAI VEDERE COSA HAI DISEGNATO FINORA?
S-SÌ...
IERI NOTTE...
...MI HA SCRITTO UN MESSAGGIO!
TING
Maestro Tōdō
Domani portami il name che hai disegnato!
EEH?!

BUON...
...GIOR-NOO-OOA-AAH!
GASP
CREEP
EHILÀ, YŪ!
'GIOR-NO.
CHE OC-CHIAIE CHE HAI...
MA SI È VISTO ALLO SPEC-CHIO?!
HA FATTO LE ORE PIC-COLE ANCHE LEI?
LA AIUTO CON LA SPAZZA-TURA?
ERA L'ULTIMO SACCO.
SU, ENTRA!
P-PER-MESSO...

... ANCHE SE MI HA DETTO QUELLE PAROLE...
TIENI A MENTE UNA COSA, IO NON TI ABBANDONERÒ MAI.
ALLA FACCENDA DELL'INVISIBILITÀ CI PENSEREMO INSIEME DOMANI.
... NON SONO RIUSCITO A CALMARMI...
... E NONOSTANTE SIA PRESTISSIMO, STO VENENDO DA LEI.
È VERO CHE MI HA DETTO CHE LA COSA NON LE CREAVA ALCUN PROBLEMA, PERÒ...
ECCOLO...!
MAESTRO!
TAP TAP TAP

CAP. 3 REVISIONE
SLOOOM
NON HO...
... CHIUSO OCCHIO NEMMENO UN SECONDO!
OGNI VOLTA CHE MI SONO MESSO A LAVORARE AL NAME...
... MI SONO LASCIATO PRENDERE DALL'ANSIA...
... E HO CONTINUATO A BLOCCARMI DI CONTINUO.
AAAACH!
ZUUP
FINO ALL'ALBA.
CIP
CIP
PUFF
MAESTRO...

... NON AVERCE-LA CON ME.
ZUP
ORA TI FACCIO SPARIRE...
... UNA VOLTA PER TUT-TE.

YŪ È DA SEMPRE SOTTO LA MIA RESPONSABILITÀ.
NON POSSO SOTTRARMI AI MIEI DOVERI PROPRIO ORA.
FRUSH
ガサ
QUESTA È LA MIA MISSIONE.
FARÒ DI TUTTO...
... PER TRASFORMARLO NELL'EROE...
FRUSH
ズズ..
... CHE VORREBBE ESSERE!
SBAM
バン
QUANDO POI SARÀ GIUNTA L'ORA...
... ACCETTERÒ IL RUOLO DELL'ANTAGONISTA E SCOMPARIRÒ PER SEMPRE.
CLANG
ガチャ ガチャ
PER CUI...

NON C'È MODO CHE MI SCO- PRANO!
GLI FARÒ DA MAE- STRO...
... FINCHÉ NON CAMMI- NERÀ CON LE SUE GAMBE!

FRUP
スクッ
CHE IDIO-ZIE!

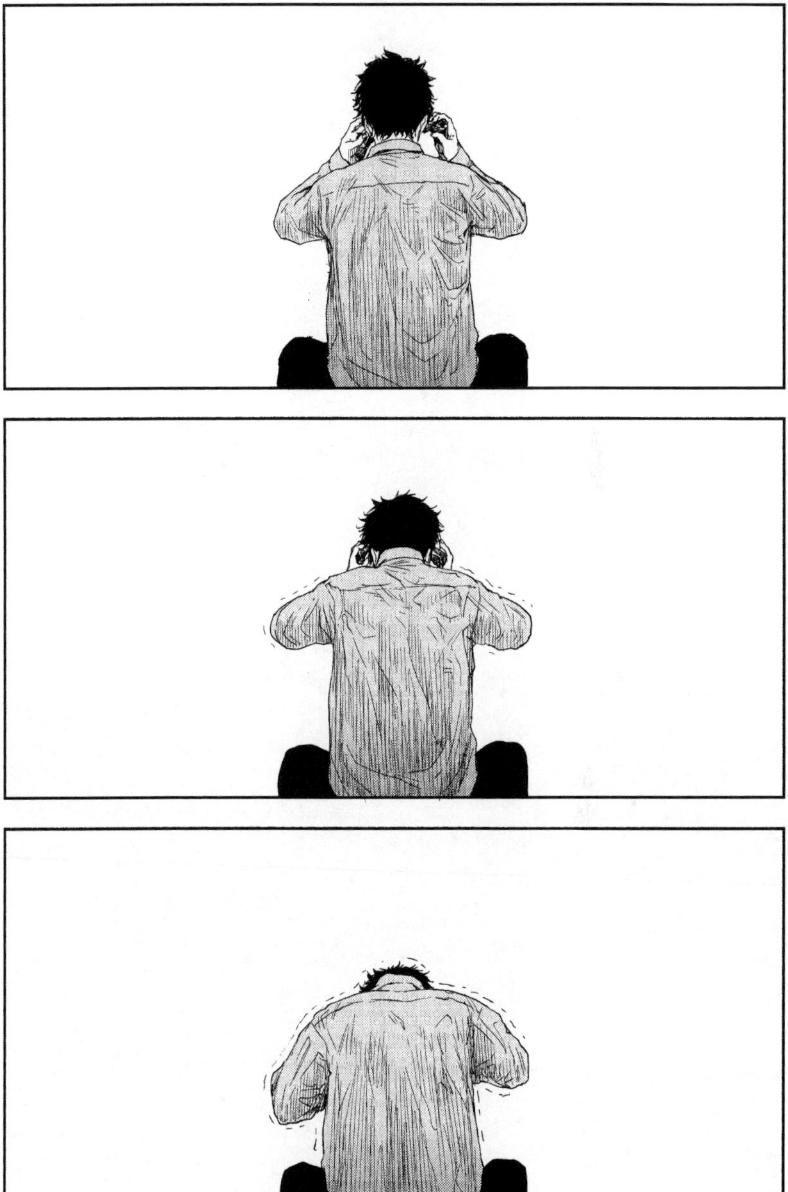

NON SONO DIVERSO...
... DAL TIZIO CHE HA UCCISO SUA MADRE.
SONO UN CRIMINALE ANCHE IO!
PIANO PIANO...
... AVEVA RITROVATO IL SORRISO.

EROE?!
MA DOVE?!

PERÒ, IN TANTI MI HANNO TESO UNA MANO...
... LA MAESTRA SUZUCHI, LA SIGNORA YOSHIJI...
AH! POTRÀ SEMBRARE INCREDI BILE...
... MA QUALCUNO HA FATTO DONAZIONI ANONIME PRESSO L'ORFANO TROFIO!
LÌ DI RADO SI COMPRA NO MAN GA...
... EPPURE, MI COMPRAVA IL SUO ULTIMO LAVORO OGNI VOLTA CHE USCIVA!
ERA DI SICURO UN SUO GRANDE FAN, MAE STRO.
GLU
FUU
PUÒ DAR SI...
NEL CORSO DEL LA MIA VITA SONO STA TO AIUTATO DA TANTI EROI...
... PERÒ ...
... IL MIO EROE PIÙ GRAN DE...

TA-DAAAN
BUON GIORNO!
MI CHIAMO YŪ HINATA!
EHM... È UNA SCENA DEL RAGAZZO DI FUOCO...
... M-MOLTO PIACERE!
POSSIBILE CHE QUA ARRIVANO SOLO STRAMBOIDI?
CLAP
MOLTO PIACERE!
CLAP
QUINDI SEI CRESCIUTO IN ORFANOTROFIO, EH?
DICIAMO CHE ME NE SONO SUCCESSE DI COSE...
CAPISCO.

HA DETTO CHE LO HA AVUTO DA UN CLIENTE.
ERA UBRIACA...
... MA SI È RICOR DATA LO STESSO DEL MIO COM PLEANNO.
È MOLTO FIGO, VERO?
HA IL CORPO RICO PERTO DI FIAMME!
FUUAAAM!
S-SÌ...
... ECCO PER CHÉ...
... AN CHE IO...
... AN CHE IO...
... VO- GLIO DIVEN TARE UN SUPERE ROE...

... VOGLIO INCONTRARE QUEL RAGAZZINO DI NOME YŪ!
E-EHI
... QUELLO È...
... IL PRIMO NUMERO DEL RAGAZZO DI FUOCO, VERO?
TE LO HANNO REGALATO?
S-SÌ.
ME LO HA PORTATO LA MAMMA...

L'uomo è ancora a piede libero e il figlio è stato preso in custodia dalle autorità competenti.
...
COMUNQUE, MAESTRO...
... A ME PIACCIONO I SUOI MANGA!
SPARKLE
UN ATTIMO!
MA QUELLO CHE HA IN MANO IL RAGAZZINO...
NEWS
... NON È IL PRIMO NUMERO DEL RAGAZZO DI FUOCO?
COSA?!
È VERO!
CHE TRISTEZZA...
...LO TIENE COSÌ STRETTO...
...
... PECCATO CHE VERRÀ INTERROTT...
LO VOGLIO INCONTRARE.
UH...
IO...

匿名ヒーロー
名無しの燃えタロウ
1
SBAM
CANCEL LATO?!
TAKERU TŌDŌ 25 anni
MA PERCHÉ? ABBIAMO PUBBLI CATO SOLTANTO UN VOL UME!
Be'… Le vendite…
… MA È LA SERIE DI DEBUT TO…
Nulla è ancora certo! Incon- triamoci e pensiamo a qualcosa!
FRUP
TSK...
T-TUT TO OKAY?
S-SÌ! NON È DETTA L'ULTIMA PAROLA...
Ultime notizie!
Una donna è stata accoltellata dal compa- gno...
...Ed è morta poco dopo essere stata tra- sportata in ospedale.

* IL FAMOSO EROE SENZA NOME, IL RAGAZZO DI FUOCO!

... IM-POSSI-BILE.
IN FON-DO...
... NON MI HA MAI STACCA-TO GLI OCCHI DI DOSSO.
E ORA CHE FACCIO?

PER-DONAMI, YŪ...
ALMENO...
... SONO RIUSCITO A SCAMPARLA IN QUALCHE MODO.
CHISSÀ SE HA NOTATO...
... CHE IL DIVANO È SCHIACCIATO.
NO...

FRA DI NOI...
ぎゅっ
GRAB
... NON CI SONO BUGIE.
S-SÌ...!
QUINDI ORA...
... TORNA A CASA.
カチャ
GNEEK

ALLA FACCENDA DELL'INVISIBILITÀ CI PENSEREMO INSIEME DOMANI.
VA BENE?
...
... EH...
... EHM ...
H-HO...
... CAPITO...
... ANCHE SE NON CAPISCO DAVVERO...
... MI PERDONI... IO SONO SOLO D'INTRALCIO...
TE LO PROMETTO, YŪ!

È MEGLIO CHE...
... TE NE TORNI A CASA.
PERÒ, TIENI A MENTE UNA COSA.
IO NON TI ABBANDONERÒ MAI.

MA ALLORA YŪ...
... È DAVVERO CONVINTO CHE SE NON RIUSCIRÀ A DIVENTARE UN MANGAKA PRIMA O POI LO ABBANDONERÒ.
PENSAVA DI POTER SFRUTTARE QUESTO SUO NUOVO POTERE...
... PER FARMI VEDERE CHE ANCHE LUI PUÒ ESSERE UTILE.
CHE SENSO HA PREOCCUPARSI FINO A TAL PUNTO?
CERTO...
NON SONO ALTRO CHE UN IMPICCIO.
... UN MOTIVO LUI CE L'HA!
PAT
... NO.

* BOZZA DI UN MANGA COMPRENSIVA DI DIALOGHI E IMPOSTAZIONE DELLE TAVOLE, N.D.T.

SNIFF
ぐす
UH
う...
...
HO ESAGERATO?
YŪ...
... VORREI SOLO TI CALMASSI UN SECONDO...
N-NON È QUELLO...
ぐす
SNIFF
UH?
MAESTRO...

ORA VEDI DI DARCI UN TAGLIO.
OGGI SEI DAVVE-RO USCITO FUORI DI TESTA?!
COSA TI METTI A CURIOSARE PER TUTTA LA CASA, EH?!
SEMBRA PROPRIO CHE TU STIA FACENDO DI TUTTO PER INFASTIDIRMI!
OKAY, PUOI DIVENTARE INVISIBILE. CAPISCO L'EUFORIA...
... PERÒ ORA STAI PASSANDO IL LIMITE!

DAVVERO FIGO.
D-DAVVERO? PERÒ QUESTO È SOLO IL MIO SOLITO COSTUME DA RAGAZZO DI FUOCO...
PUFF
LO SO.
PERFETTO.
ALLORA CERCO QUALCOSA DI DIVERSO!
NGH
BASTA COSÌ...
VEDIAMO...
... POTREI USARE QUELLE ARMI FINTE CHE STANNO VICINO ALLA LIBRERIA!
LE PRENDO UN SECONDO!
GRAB

MAE-
STRO.
OH
ホッ
YŪ...
CLACK
チャッ
ORA COME LA METTIA-MO?
DARÒ LA CACCIA A OGNI SPIE-TATO AS-SASSINO!
IO SONO L'EROE TRASPA-RENTE!

NON SPARIRE ALL'IM-PROVVI-SO!
ASPETTA, YŪ!
E NON SCOR-RAZZARE PER LA STANZA!
MI HAI GIÀ FATTO VEDE-RE...!
SONO STUPITO PIÙ CHE A SUFFICIEN-ZA...!
BASTA COSÌ!
YŪ!

ALLORA FARÒ QUALCOSA CHE LA FARÀ EMOZIONARE SUL SERIO, MAESTRO!
TAP TAP TAP
NO...
STUPIDO SCIOCCO!

SAI, DI QUESTE COSE NE HO DISEGNATE A BIZZEFFE...
... SE NON SONO TROPPO EMOZIONATO È PERCHÉ FUN-ZIONA PROPRIO COME ME LO SONO SEMPRE IMMAGINATO.
UHM...
むす...
ZUP
スッ...

... ALLORA È VERO CHE ANCHE LEI HA OTTENUTO UN QUALCHE POTERE, SBAGLIO?
E-EH...?!
MI SEMBRA POCO SORPRESO.
COME SE NON IO FOSSI LA PRIMA PERSONA CHE VEDE CAPACE DI DIVENTARE INVISIBILE.

... SEMBRA PROPRIO DI ESSERE NEL MANGA SU CUI STA LAVORANDO, MAESTRO!
G-GIÀ.
MAE-STRO...

NON HA TUTTI I TORTI...
FRUP
BE', SE FOSSI IO A FARE QUEL CHE MI PARE SPARENDO DI PUNTO IN BIANCO, ANCHE TU TI ARRABBIERESTI, NO?
NON DEVO FARMI VEDERE AGITATO, LO INSOSPETTIREI SOLTANTO...
IN EFFETTI, SÌ! MI SCUSI!
PERÒ MI CAPISCA... NON È FORSE INCREDIBILE?
UH? S-SÌ...
CERTO, DEVO DARMI UNA CALMATA...
DESIDERIO CHE HO ESPRESSO AL TEMPIO È DIVENTATO DAVVERO REALTÀ, NON C'È ALTRA SPIEGAZIONE!
VA TUTTO BENE. NON SE NE ACCORGERÀ...
È IMPOSSIBILE CHE SI ACCORGA DEL CADAVERE INVISIBILE!
IL SANTUARIO DELLE SPARIZIONI...
... QUELLA LEGGENDA...
... QUESTA STORIA...

... NON È CHE L'HO DISTURBATA MENTRE STUDIAVA PER IL MANGA?
NON ENTRARE SENZA CHIEDERE IL PERMESSO!
EH?
NON PENSAVO FOSSE COSÌ GRAVE... MI SCUSI...
COSA?!
CREDEVO FOSSE OVVIO CHE DALL'INGRESSO CI SAREMMO SPOSTATI NEL SUO STUDIO...
...!

YŪ?
GNEEK
ガチャ
EH! EH! EH! NON SI ERA ACCORTO CHE MI SONO SPO-STATO?
PUFF
パッ
NON LÌ!
NON DOVE HO UCCISO NAKAMU-RA!
!
M-MAE-STRO...?!
M-MA...
UGH!

EH? MA CHE REAZIONE È?
AH!
AH! MA È INCREDIBILE!
MI SONO STUPITO A TAL PUNTO DA NON RIUSCIRE PIÙ A PARLARE...
EH?
EHI...?

INSOMMA, SI PUÒ SAPERE CHE C'È?
GNEEK
MAESTRO!
OKAY...
... GLI PARLERÒ SULLA PORTA E POI LO FARÒ TORNARE A CASA.
E COSÌ SARESTI CAPACE DI DIVENTARE INVISIBILE, EH?
GUARDI CHE È VERO! LE FACCIO VEDERE SUBITO!
OKAY, SI PREPARI...
... ORA LO FACCIO...
VADO!
UGGGH
ECCO!
ZUP
UUH...

Ha visto cosa ho appena fatto, maestro?
YŪ...?!
COSÌ NON VA! SE ORA ENTRASSE IN CASA E VEDESSE COSA È SUCCESSO QUI...
... FINIREBBE CON IL RIMANERNE COINVOLTO ANCHE LUI!
NO!
Ho pensato che volesse vedere con i suoi occhi…
SE GLI FACESSI CREDERE DI ESSERE ANCORA CON NAKAMURA...
... LE COSE POTREBBERO COMPLICARSI.
Mi apra!
Le faccio solo vedere e poi me ne vado subito!

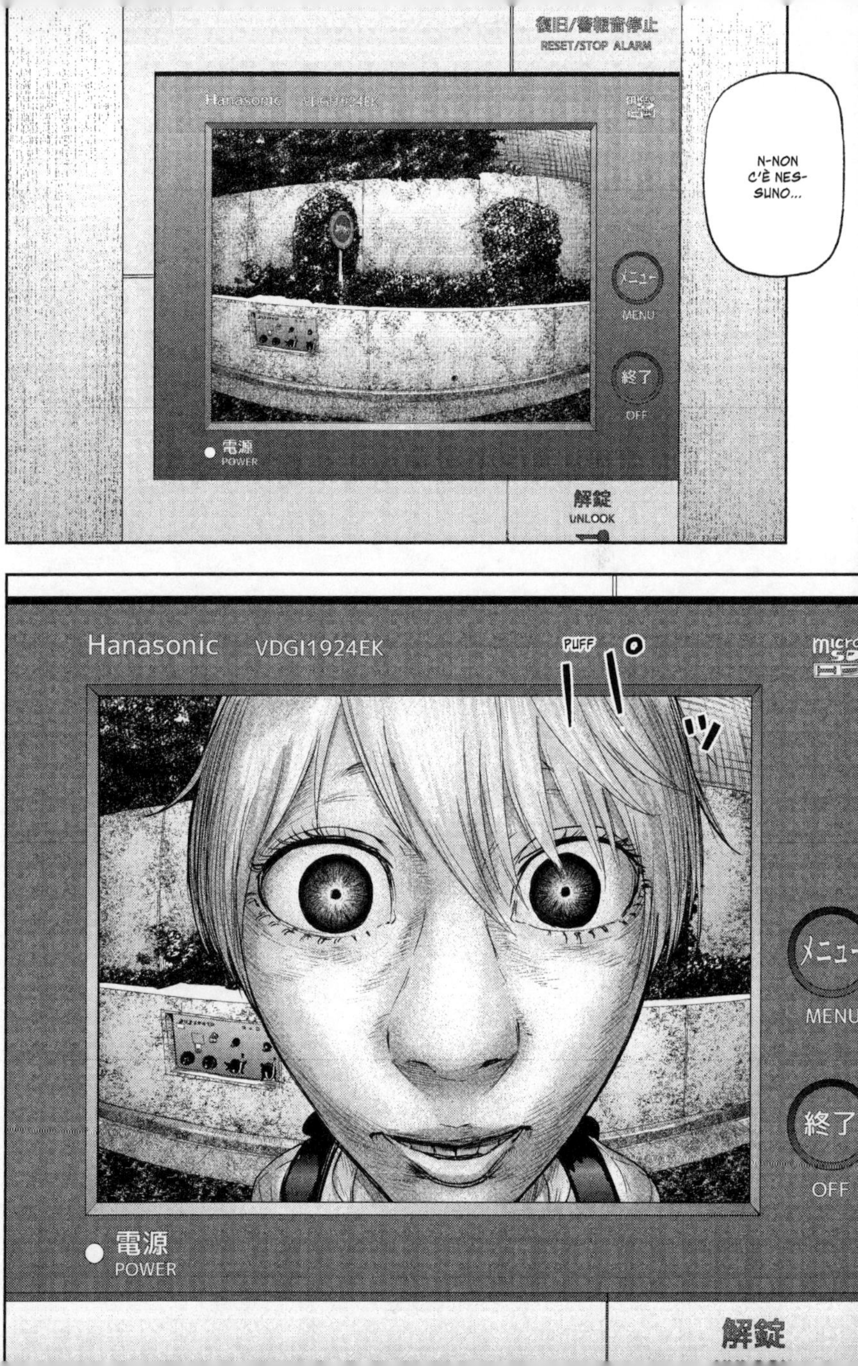
復旧/警報音停止
RESET/STOP ALARM
N-NON C'È NES-SUNO...
メニュー
MENU
終了
OFF
電源
POWER
解錠
UNLOCK
Hanasonic VDGI1924EK
PUFF
micro SD
メニュー
MENU
終了
OFF
電源
POWER
解錠

UN MO-MEN-TO...
YŪ HA DETTO CHE SAREBBE VENUTO QUI!
ピーンポーン
DING DONG
ドキ…
TUMP
UGH!
È GIÀ ARRI-VATO?!
ホッ
UH
COS...?!

CHE...
... DIA-VOLO HO COM-BINATO?
PLIC
BLEARGH
オエ…
BLEARGH
オエッ…
UH...?

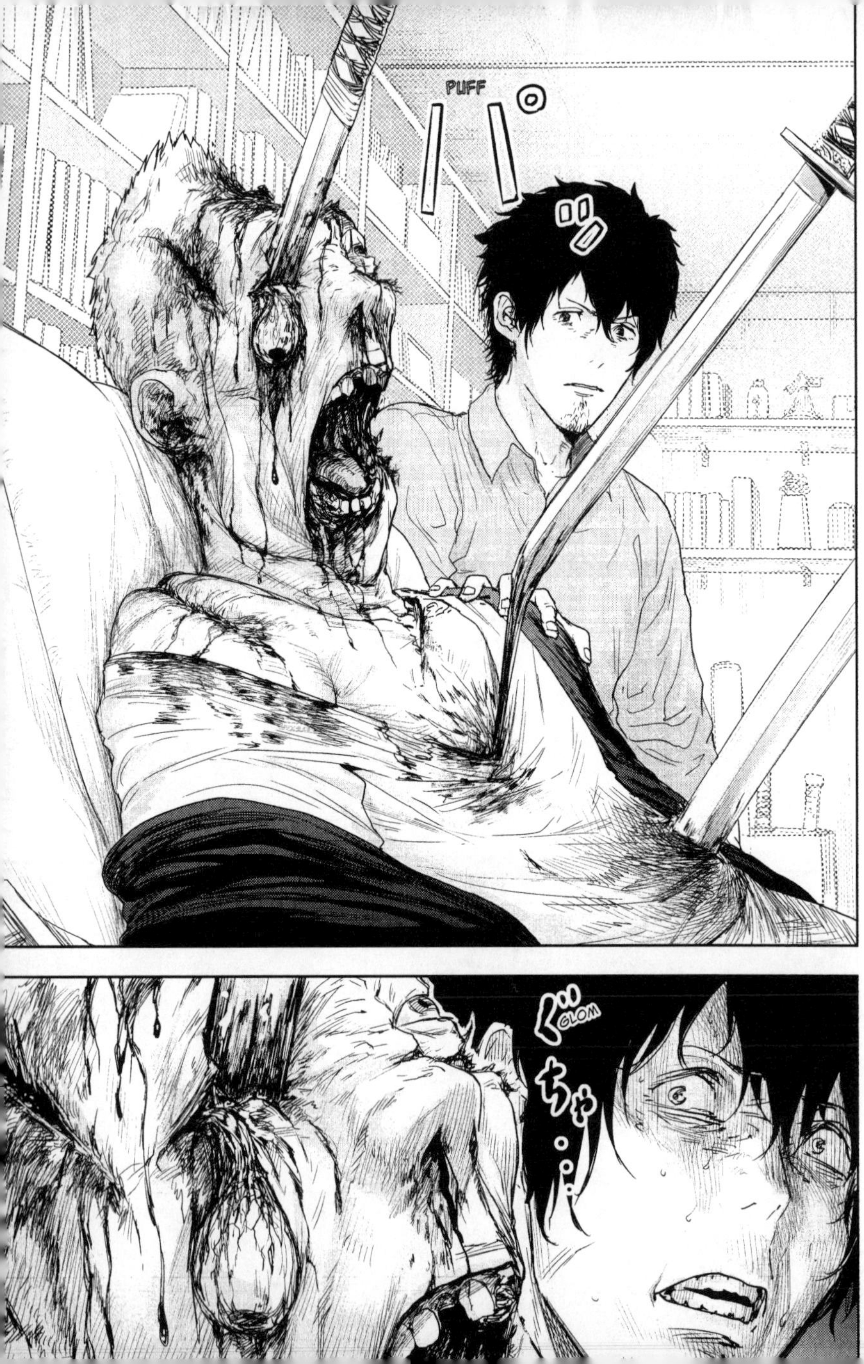
PUFF
GLOM

COSA CAZZO...
... STA SUCCEDENDO...?
ORA RICORDO.
HO RESO INVISIBILE NAKAMURA...
... E POI...
RIAPPARI...
TAP

MAESTRO!
IO POSSO DIVENTARE INVISIBILE!
CAP. 2 DECISIONE
CI HO RIFLET-TUTO.
CLAP
CLAP
GLI DÈI DEVONO AVER REALIZZATO IL MIO DESIDE-RIO, NE SONO SICURO!
NON È CHE FOR-SE...
... ANCHE LEI HA OTTENUTO UNA QUALCHE ABILITÀ SPECIALE, MAE-STRO?
ORA VENGO DRITTO A CASA SUA!
THUD
...
HA AT-TACCA-TO...?

... HANNO ANCHE IL SANGUE TRA-SPARENTE.

SAI, YŪ...
... LE PERSONE INVISIBI-LI...

ANF
ANF
ANF
DEVO SBRIGARMI...
... A RACCONTARE TUTTO AL MAESTRO!
ANF
POSSO DIVENTARE INVISIBILE...
POSSO DIVENTARE INVISIBILE!

UGH... MA COS...?
CLING
チャッ
UNA KATANA CHE USO COME REFERENCE.
FINALMENTE HO CAPITO.
ALLA FINE, DEVO SOLO...
PAT
ポン
ZUUU
ズゥ
BASTAR...
... FARTI SPARIRE UNA VOLTA PER TUTTE.

C-COS...?
ブシッ PLIC
UH? S-STO SANGUI-NANDO...?
È PRO-PRIO...
RENDERE INVISIBILE OGNI COSA, DICO.
PUFF
... UN POTERE INCREDI-BILE.

UGH...
UNA SCELTA DIFFICILE, VERO?
PAT
SE LE COSE STANNO COSÌ...
FRUP
PERÒ LE SCELTE DIFFICILI CONDUCONO VERSO UN FUTURO RADIOSO!
BASTA COSÌ...
STA' TRANQUILLO!
ME NE OCCUPO IO!
AH, SÌ? MI SA CHE...
... DEVI PROPRIO DARTI UNA CALMATA.
BLUGH
MA IO SONO CALM...

È IL CASO DI AMMAZZARLO PRIMA CHE CI SCOPRA, NON SEI CONVINTO ANCHE TU?
SNAP
N-NAKAMURA...
C-COSA CAZZO STAI DICENDO?!
PREFERISCI FORSE...
... PERDERE IL LAVORO E TUTTO IL RESTO PERCHÉ QUALCUNO HA SPIFFERATO DEL TUO POTERE?

...YŪ STA VENENDO QUI! QUESTO SÌ CHE È UN BEL GUAIO!
POTREMMO RENDERLO NOSTRO COMPLICE.
C'È IL RISCHIO CHE CE LO METTA IN QUEL POSTO...
CERTO, È UN MOCCIOSO DI CUI NON CI SI PUÒ FIDARE.
PERÒ IL MIO TELEFONO È IN FRANTUMI...
... NON POSSO NEMMENO AVVISARLO DI STARE ALLA LARGA DA QUI.
AH!
PRIMA DI TUTTO, È MEGLIO CHE MI RENDA INVISIBILE PER ALLONTANARMI DA QUI!
PAFF
SHIIIN
N-NON POSSO CANCELLARE ME STESSO?
TSK
DEVO COMUNQUE INVENTARMI QUALCOSA PER FERMARE 'STO SVITATO!
SENTI, NAKAMURA! CALMATI!
SEI ANDATO FUORI DI TESTA!
MAESTRO... IO SONO CONVINTO CHE SAPERSI ADATTARE SIA UNA COSA FONDAMENTALE.

... È TERRIBILE, NON SEI D'ACCORDO?
NON HA SENSO MANGIARE LA FOGLIA!
INOLTRE, QUESTO VORREBBE DIRE CHE C'È UN'ALTRA PERSONA INVISIBILE OLTRE A ME? E PER DI PIÙ SAREBBE IL TUO ASSISTENTE?!
SE LE COSE STANNO COSÌ, RISCHIAMO DI ESSERE BECCATI SUBITO, NO?
SI PUÒ SAPERE CHE SUCCEDE?
DI COSA DIAVOLO STA BLATERANDO?
COMUNQUE...

CRASH
N-NAKAMU-RA...!
STOMP
STOMP
STOMP
STOMP
TAKE-RU...

… Anche lei ha ottenuto una qualche abilità speciale, maestro?
UGH …!
Abbiamo espresso entrambi un desiderio, quindi…
… Ho pensato che anche lei potesse aver ricevuto un potere.
Comunque, non l'ho ancora detto a nessuno!
Mi sa che ancora non mi crede…
Bene!
Ora vengo dritto a casa sua, maestro!

Gli dèi devono aver realizzato il mio desiderio, ne sono sicuro!
Quelli del tempio!
DÈI?! EHM... NON È CHE SEI UN PO' STANCO?
?
No, no! Ne sono sicuro!
E QUINDI VOLEVO CHIEDERLE...
... Ecco ...
... Non è che forse...

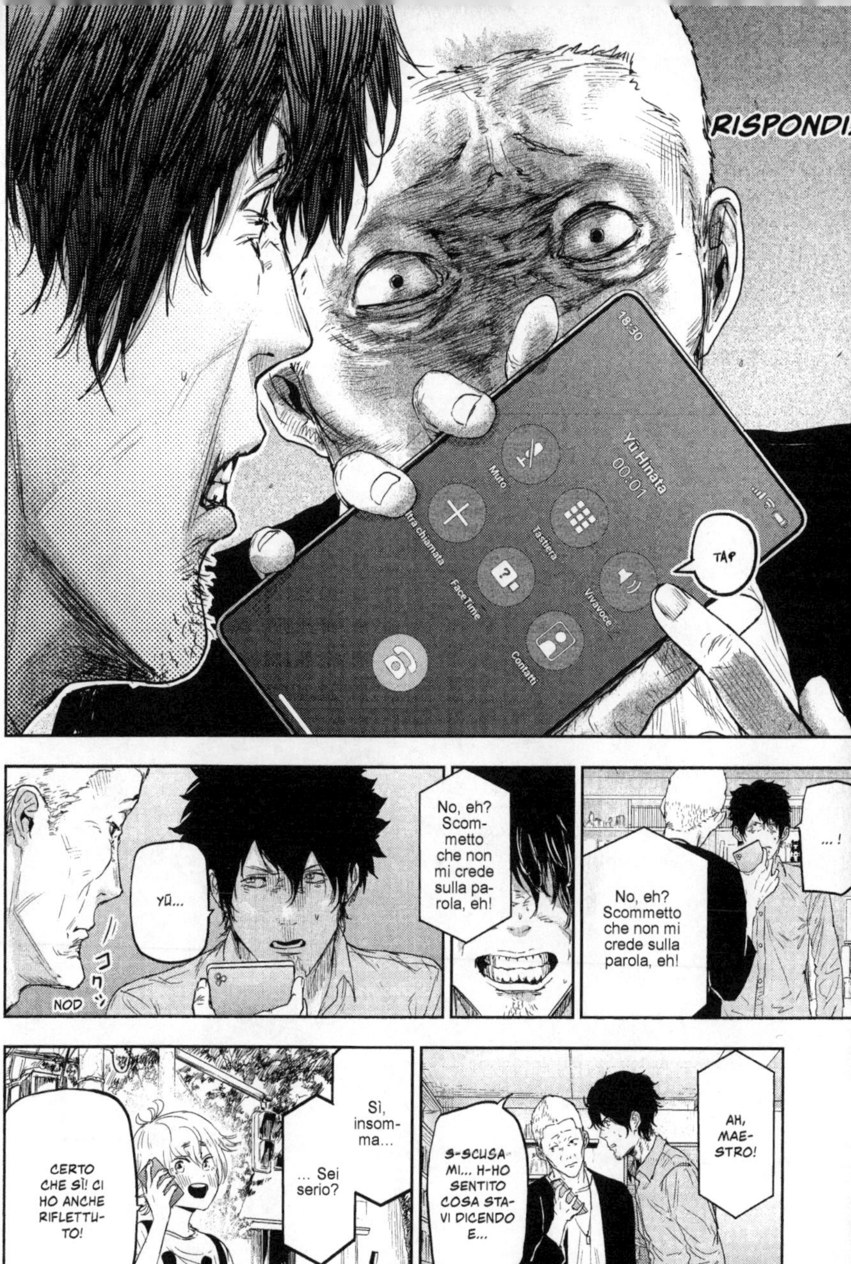
RISPONDI.
18:30
Yū Hinata
00:01
Muto
Tastiera
FaceTime
Vivavoce
Contatti
TAP
... !
No, eh? Scommetto che non mi crede sulla parola, eh!
No, eh? Scommetto che non mi crede sulla parola, eh!
YŪ...
NOD
AH, MAESTRO!
S-SCUSAMI... H-HO SENTITO COSA STAVI DICENDO E...
Sì, insomma...
... Sei serio?
CERTO CHE SÌ! CI HO ANCHE RIFLETTUTO!

Maestro!
Sono diventato invisibile!
Eh! Eh! È rimasto di stucco, vero?
Anche io all'inizio ero super sorpreso!

RIIING
18:30
Yū Hinata
Chiamata in arrivo
Ricorda più tardi
RIIING
YŪ...?
FRUP
NON C'È BISOGNO CHE TU RISPONDA PROPRIO ORA!
UGH...
Risponde la segreteria telefonica...
... Lasciate un messaggio dopo il segnale acustico.

NON È CHE MAGARI STAI PENSANDO DI LASCIARE LA NOSTRA CASA EDITRICE E ANDARE ALLA CONCORRENZA?
FA' COME TI PARE, NON FARAI ALTRO CHE CARICARTI DI ALTRO STRESS!
IN QUEL CASO, POTREI VENDERE QUEST'INFORMAZIONE A QUALCHE ISTITUTO DI RICERCA.
DI CERTO NON TORNERESTI PIÙ ALLA VITA DI TUTTI I GIORNI.
TSK...
SE MI RIFIUTO...
... CI RIMETTO COMUNQUE.
PERÒ...
... NON VOGLIO METTERMI IN COMBUTTA CON 'STO SCHIFOSO.
COME DIAVOLO FACCIO...
... A LEVARMI DA QUESTO IMPICCIO?!

... ESSERE INVISIBILI È DAVVERO FIGO!
EHI, MI HAI SENTITO?
ARRIVI...
... PERFINO A MINACCIARMI?!
FRUSH
CALMIAMOCI UN ATTIMO!
NAKAMURA...
... GIÀ PRIMA NON MI ERA MAI SEMBRATO UNO COI PIEDI PER TERRA...
... ORA GLI È BASTATO DIVENTARE INVISIBILE...
... PER CAMBIARE ATTEGGIAMENTO COSÌ DI BOTTO!
IO SONO CALMO, NO?

PROPRIO COME NEL MANGA DEL MAESTRO!
TUMP わく
TUMP わく
TUMP わく
TUMP わく
TUMP わく
MAESTRO...

AH! AH! CHE FI-GATA!
OKAY!
OKAY!
PUFF
VOILAAÀ!
TOP!
MI BASTA DESIDE-RARLO INTENSA-MENTE...
... E RIESCO A DIVENTARE INVISIBILE!

NON ESISTONO MODI DI SFRUTTARE L'INVISIBILITÀ PER ARRICCHIRSI FACILMENTE COME DICI...
... SENZA DIVENTARE CRIMINALI!
COL CAZZO CHE TI AIUTO!
SENTI, TAKERU...
MA TU PENSI DAVVERO DI RIUSCIRE A PUBBLICARE UNA SERIE...
... SENZA DI ME CHE FACCIO DA TRAMITE?

... NESSUNO AL MONDO SI SENTIREBBE REALIZZATO SE FOSSE COSTRETTO A LAVORARE CON QUALCUNO CHE HA ESAURITO IL PROPRIO TALENTO COME TE.
OH, SCUSA! HO PARLATO TROPPO!
PERÒ CONOSCERE LA REALTÀ DEI FATTI NON PUÒ FARTI CHE BENE!
E POI ANCHE TU RIUSCIRESTI A LAVORARE MEGLIO SAPENDO DI NON DOVER PIÙ PENSARE AL DENARO, NO?
NON PREOCCUPARTI! TI BASTERÀ RENDERMI INVISIBILE!
POI DEVI SOLO LASCIAR FARE A ME! CI PENSO IO A RICOPRIRTI DI QUATTRINI!
Basso rischio, alto rendimento!
E COSÌ...
... IO SAREI UNO SCEMO?

POTRÒ SCRIVERE UN MANGA ANCORA MIGLIOR...!
MA SEI SCEMO?! CHI SE NE FREGA DEI MANGA!
PAFF
INSOMMA...
GRAZIE A QUESTA STORIA, NEMMENO IO SARÒ PIÙ COSTRETTO A QUESTE NOSTRE LAGNOSE RIUNIONI, NO?!
COI MANGA SI GUADAGNA DA SCHIFO!
UH...?
METTIAMOCI IN SOCIETÀ E FACCIAMO SOLDI A PALATE!

RIAPP...
ZUUP
FRUP
FRUP
COSA SEI, UN MAGO?!
PERCHÉ NON ME LO HAI DETTO PRIMA?
MACCHÉ! SONO SORPRESO QUANTO TE!
INCREDIBILE! FUORI DI TESTA! CHE POTERE STRAORDINARIO!
G-GIÀ... DAVVERO FORTE...
PREFETTO! GRAZIE A QUESTO POTERE...
S-SÌ...!
GRAB

EH? PERCHÉ NON MI VEDO?
SEI RIFLESSO SOLO TU...
... EHI!!
UGH... SEI...
SEI DIVENTATO INVISIBIL...
WOW! FIGHISSIMO! SONO PROPRIO COME IL PROTAGONISTA DEL TUO MANGA!
E PER TORNARE NORMALE?
EHM...
COOOSA?!
MICA POSSO RESTARE IN QUESTO STATO PER TUTTA LA VITA!
FAI QUALCOSA!
C-CI PROVO...!
RIAPPARI...
RIAPPARI...!

...!
E-EH? S-SIGNOR NAKAMURA?!
È SPARITO PER DAVVER...
EHI, IN CHE SENSO DOVREI SPARIRE?!
GASP
EH...?!
ADESSO HAI SUPERATO IL LIMITE! GUARDAMI IN FACCIA QUANDO TI PARLO!
FRUSH
MA SIAMO SERI?
FRUSH
UGH!
?
FRUSH
PRENDI! CONTROLLIAMO UNA COSA!
UH?!

A UN CERTO PUNTO, PERÒ, CAPISCE CHE LA COSA MIGLIORE È SFRUTTARE QUEL POTERE PER AIUTARE GLI ALTRI!
NASCE COSÌ IL PIÙ GRANDE DEGLI EROI!
SONO STUFO DI FARE L'EDITOR.
MUMBLE
IL CAPOREDATTORE MI FA FARE TROPPE COSE.
ALTRO CHE PRODURRE LAVORI DI QUALITÀ.
MUMBLE
MAESTRO...
UUUF
FIGO, PERÒ!
SONO DIVENTATO INVISIBILE PER DAVVERO!
FIUUU

BAH, È ANCORA UN RAGAZZINO...
ZUP
AAAGH!
MA CHE C'ENTRA...
GASP
... STUPIDO VECCHIACCIO!
SE NESSUNO TI PUÒ VEDERE...
... PUOI FARE LE COSE PEGGIORI!

QUESTO È TROPPO...
COSA?
IO NON MI...
... IL MIO RIFLES-SO...?
EH?
NON CI CREDO! IMPOSSIBILE! NON PUÒ ESSERE!
SONO DIVENTA-TO...
... INVISI-BILE?!
TSK
FORSE SE L'È FILATA?

COMUN-QUE, HINATA...
... QUESTO PANEL...
UH?
EH?
H-HINA-TA...?
DOV'È FINITO?
EHI!
HINATA!
MI PRENDE PURE...
HOP
FLIP
FLIP
... PER I FONDELLI.

zuup
スッ

NON È IL CASO DI FRIGNA-RE.

ZUP

VORREI SPARIRE!

SPARISCI.

ポンー
GRAB
GRIIIP
ギュウゥ..

IN FONDO, SEI IL TIPO DI AUTORE CHE BRILLA QUANDO VIENE MES-SO ALLE STRETTE!
SPARISCI...
MA TU VUOI DAVVERO DIVENTARE UN MAN-GAKA?
VORREI SPARIRE...
SPARISCI...!
FRUSH
ス
VORREI SPARIRE!
ぎゅっ..
GRIP

NON C'È MODO DI FARGLI CAPIRE CHE...
... SE SONO SEMPRE RIUSCITO A TIRARE AVANTI...
... PUR ESSENDO ARRIVATO QUASI AL LIMITE...
... È PERCHÉ NON VOGLIO OFFUSCARE LA LUCE CHE BRILLA NEGLI OCCHI DI YŪ!
PER EVITARE DI TRADIRE LE SUE ASPETTATIVE...
MI STAI ASCOLTANDO?
... DEVO METTERE LE MANI SU UN PO' DI SOLDI IL PRIMA POSSIBILE.
DEVO CONTINUARE A ESSERE IL MAESTRO CHE TANTO AMMIRA!
PERÒ, NON POSSO DI CERTO CREARE MANGA...
CERCA DI RICORDARE A COSA ASPIRAVI QUANDO ERI AGLI INIZI!
... COLLABORANDO CON UN INDIVIDUO DAL CUORE TANTO ARIDO!

EH? NON È CHE FORSE SEI AGITATO PER QUEL NUOVO ARRIVATO CHE TI AMMIRA TANTO?
ENCOMIABILE, PERÒ...
... IO NON POSSO MICA PREOCCUPARMI ANCHE DEGLI ASSISTENTI.
LO TRASFORMO IN UNA STORIA AUTOCONCLUSIVA... ALMENO NON AVRÒ LAVORATO PER NIENTE...
ASSOLUTAMENTE NO! UN AUTORE VETERANO CHE SI ABBASSA A TANTO? INACCETTABILE.
DEVI PUNTARE A QUALCOSA DA SERIALIZZARE, NULLA DI MENO.
MA VEDI DI SPARIRE...
SBARAZZIAMOCI DELL'ASSISTENTE! È IL MOMENTO DI LAVORARE DA SOLI!
SPARISCI!
SII POSITIVO! NON ABBATTERTI!
POSSIAMO SEMPRE ASSUMERE ASSISTENTI NUOVI PIÙ IN LÀ!
BISOGNA CAMBIARE APPROCCIO!
CLAP
CLAP
UNO COSÌ INQUADRATO NON PUÒ PROPRIO CAPIRE.

CI POTREMO RIPROVARE FRA SEI MESI O GIÙ DI LÌ, SE CI VA BENE.
UN ATTIMO!
SLAM
SONO QUASI DUE ANNI CHE LAVORO A QUESTO PROGETTO!
SONO DISPIACIUTO QUANTO TE, TAKERU!
DIMMI LE COSE COME STANNO, NON GIRARCI ATTORNO!
PENSI NON MI SIA ACCORTO CHE OGNI VOLTA CHE GUARDI UN FILM O LEGGI UN ROMANZO POI CAMBI IDEA DI PUNTO IN BIANCO?!
NO, MA CHE DICI! POI SONO CONVINTO CHE, PER UN AUTORE, SAPERSI ADATTARE SIA UN ASPETTO FONDAMENTALE.
SONO ME NON FREGA NIENTE DI CIÒ DI CUI SEI CONVINTO TU!
SAI BENISSIMO IN CHE SITUAZIONE MI TROVO, NO?
SITUAZIONE...? AH!
TUA MOGLIE CHE TI HA PIANTATO IN ASSO?
OPPURE IL FATTO CHE SARAI COSTRETTO A VENDERE LA MACCHINA E LA CASA?

MI DISPIACE DAVVERO TANTO, MA...
... DEVO PARLARTI DELLA PUBBLICAZIONE DE L'EROE TRASPARENTE ZERO.
S-SÌ?
DURANTE L'ULTIMA RIUNIONE...
... COME DIRE, SERIALIZZARLO È UN PO' COMPLICATO...
ギュウ
CLENCH
NON DICIAMO STRONZATE!
POSSO SISTEMARE LE COSE CHE NON FUNZIONANO! DOPO UNA REVISIONE, MAGARI...
NO, ORMAI LE SCADENZE PER LE SERIE SONO ANDATE.

VORREI NON DOVER PIÙ PEN-SARE A NULLA...
... VORREI SOLO SCOMPA-RIRE...
... SCOM-PARIRE...
... SCOM-PARI-RE...

TI HO CHIESTO SE CI HAI PENSATO!
VORREI SVANIRE NEL NULLA...
E-ECCO, IN QUEL PUNTO...
TOC
MI SCUSI, MAESTRO, MA...
... È UNA SCENA D'IMPATTO, QUINDI PER UN ISTANTE...
NON MI DEVI RACCONTARE IL COPIONE.
TOC
TOC
... SEMBRA CHE ALLA FINE I MIEI MANGA NON VADANO MAI BENE.
VOGLIO SENTIRE IL PERSONAGGIO. IL PERSONAGGIO!
TOC
TOC
È LA FINE...
ANZI, A NON ANDARE BENE SONO IO.

... QUALCHE VOLTA...
NON BASTA.
QUALCHE VOLTA NON È SUFFICIENTE!
VUOI DIVENTARE UN PROFESSIONISTA, NO?
UN AUTORE SEGUITO DA MOLTE PERSONE, GIUSTO?
S-SÌ...
SCRIB
• I PERSONAGGI
SE È COSÌ, NON BASTA ESSERE NELLA MEDIA! DEVI RICEVERE PIÙ INPUT DA UN PROFESSIONISTA E L'OUTPUT DEVE ESSERE ANCORA MIGLIORE!
S-SÌ...
PRIMA DI TUTTO NON PRESTI ATTENZIONE ALLE PERSONE. E POI PARLI POCO, TI LIMITI SEMPRE E SOLO AI SALUTI.
EH?! N-NON È VERO!
MA SÌ CHE È VERO. PER ESEMPIO, GUARDA QUA. LA REAZIONE DEL PROTAGONISTA È TROPPO PIATTA.
HAI PROVATO A PENSARE BENE A COSA PROVEREBBE UNA PERSONA IN QUESTA SITUAZIONE?
E-EHM...
"EHM"...
... UN ACCIDENTE!

NON CI SIAMO PRO-PRIO.
バサ
FLAP
びくっ
GLOM
I PERSO-NAGGI SONO PIATTI E INSULSI.
NON È D'IMPATTO.
L'IMPOSTA-ZIONE DELLE TAVOLE, LA TRAMA... SA DI GIÀ VISTO.
DI SOLITO GUARDI FILM, HI-NATA?
EH? S-SÌ...

* RIFERIMENTO ALLA CASA EDITRICE *SHŌGAKUKAN* (SCRITTA CON KANJI DIVERSI) PER CUI *TWO PSYCHICS OF GYGES* È PUBBLICATO IN GIAPPONE, N.D.T.

NON CI SONO BUGIE FRA DI NOI!

MAE-STRO...
OH, È GIÀ COSÌ TARDI?

IL TUO PRIMO GIORNO DA ASSISTENTE...
... TI SEI PRESENTATO VESTITO DA RAGAZZO DI FUOCO.
SE DEVO ESSERE SINCERO, GLI ALTRI ASSISTENTI NON HANNO SAPUTO APPREZZARE...
... MA IO MI SONO UN PO' EMOZIONATO.
HO INIZIATO A DISEGNARE MANGA PERCHÉ I MIEI LETTORI POTESSERO SOGNARE...
... E ORA, UN RAGAZZO CRESCIUTO LEGGENDO I MIEI LAVORI, È DIVENTATO MIO ALLIEVO.
VEDERE LA LUCE CHE BRILLA NEI TUOI OCCHI MI HA SEMPRE DATO LA FORZA PER CONTINUARE.
ADESSO SARÒ IO A SUPPORTARE TE, IN QUALITÀ DI TUO MAESTRO!
QUINDI, NIENTE PESSIMISMO, INTESI?
TI INSEGNERÒ TUTTO CIÒ CHE POSSO INSEGNARTI!
D-DAVVERO...?
OVVIO, NO?

... QUEL ROMPI DEL MIO EDITOR...
UUUF
UH?
FIUUU
NON SONO FATTO PER QUESTE COSE.
SCIAFF
OOOKAY!
GULP
APRI BENE LE ORECCHIE, MIO ALLIEVO PREDILETTO...
... E MIO FAN A CUI NON POSSO CHE VOLERE BENE!
S-SÌ!
IL DESIDERIO CHE HO ESPRESSO IO È... CHE IL TUO SOGNO DIVENTI REALTÀ!
PAFF
EH...
TI RICORDI?

VEDE, NON CE LA STO PROPRIO FACENDO... CON I MANGA, DICO.
IL MIO RESPONSABILE NON FA ALTRO CHE ANDARE SU TUTTE LE FURIE.
TUTTI GLI ALTRI ASSISTENTI VANNO VERSO IL DEBUTTO...
... IO, INVECE, NULLA. ANCORA NON RIESCO A CAPIRE PERCHÉ MI OSTINO A DISEGNARE.
SAREBBE TUTTO PIÙ FACILE SE SPARISSI NEL NULLA...
Ehi!
COS'È TUTTO 'STO PESSIMISMO?
SE OGNI VOLTA CHE MI SONO SENTITO GIÙ AVESSI RAGIONATO COSÌ, SAREI GIÀ MORTO DA UN PEZZO!
LO SO, PERÒ...
OKAY, MI DICA COSA HA CHIESTO LEI, MAESTRO!
UH? EHM...
... IO...

A ME PIACCIONO TANTISSIMO I SUOI MANGA SUGLI EROI, MAESTRO!
ADORO ANCHE IL RAGAZZO DI FUOCO E ICELAND! LI ADORO TUTTI, FIN DA QUANDO ERO PICCOLO!
PIANTALA! COSÌ MI METTI IN IMBARAZZO...
RAGAAAZZO DI FUOCOOO!
E INVECE CONTINUO!
AH! AH!
A PROPOSITO, CHE DESIDERIO HAI ESPRESSO POCO FA, YŪ?
EH?
DAVANTI ALL'ALTARE! COSA HAI CHIESTO?
AH, PRIMA? NO COMMENT!
DAI, ADESSO TOCCA A TE ESSERE MESSO UN PO' IN IMBARAZZO!
VORREI SPARIRE...
Ecco.
UH?

TA-DAAN
L'AMBIENTAZIONE SARÀ IL SANTUARIO DELLE SPARIZIONI DIVINE!
E IL PROTAGONISTA...
... UNA PERSONA CHE HA RICEVUTO IN DONO DAGLI DÈI IL POTERE DELL'INVISIBILITÀ!
ALL'INIZIO LA COSA LO FA SENTIRE UNO STRACCIO, POI REALIZZA CHE... SE NESSUNO TI PUÒ VEDERE PUOI FARE LE COSE PEGGIORI!
TIPO SBIRCIARE LA GENTE CHE SI FA IL BAGNO!
FRUP
A UN CERTO PUNTO, PERÒ...
NOD
NOD
... CAPISCE CHE LA COSA MIGLIORE È SFRUTTARE QUEL POTERE PER AIUTARE GLI ALTRI!
NASCE COSÌ IL PIÙ GRANDE DEGLI EROI!
FIOOOM
SÌ, IL PIÙ GRANDE DEGLI EROI!
NON VEDO L'ORA DI LEGGERE LA SUA PROSSIMA SERIE.
EH! EH! AH, DAVVERO?
CERTO! MI PARE OVVIO!

雲見八幡宮
SIAMO VENUTI A CERCARE UN TEMPIO IN MEZZO AL NULLA PER DOCUMENTARCI...
パン
CLAP
パン
CLAP
* KUMOMI
... MA ALLA FINE ABBIAMO TROVATO SOLO QUESTO ALTARE PER LE OFFERTE DIROCCATO...
CHE POI, A PENSARCI BENE, SE TUTTO IL VILLAGGIO È SCOMPARSO, CHI SAREBBE STATO A TRAMANDARNE LA STORIA?
TAKERU TŌDŌ
MANGAKA
YŪ HINATA
ASSISTENTE
HO PAURA CHE ALLA FINE SI TRATTI DELLA SOLITA LEGGENDA METROPOLITANA...
QUESTO DOVREBBE ESSERE IL POSTO PIÙ PROMETTENTE FRA QUELLI CHE ABBIAMO VISITATO FINORA.
PROMETTENTE? AH! PER *L'EROE TRASPARENTE*, GIUSTO!
ESATTO!

CAP. 1
LA FORZA DELLA DISPERAZIONE
E DEI DESIDERI

... TUTTI GLI ABITANTI, LE LORO CASE E L'INTERO VILLAG-GIO SVANIRONO ALL'IMPROVVISO NEL NULLA.

KUMOMI HACHIMANGU.
IN POCHI SANNO CHE IN QUESTO SANTUARIO SI RACCONTA...
... UNA CERTA LEGGENDA.
CAP - 1 LA FORZA DELLA DISPERAZIONE E DEI DESIDERI
DUE GIOVANI PROVENIENTI DALLO STESSO VILLAGGIO SI RECARONO IN VISITA AL TEMPIO...
... E SVANIRONO NEL NULLA.
TEMENDO CHE I DUE FOSSERO STATI RAPITI DA UNO SPIRITO MALIGNO...
... GLI ABITANTI DEL LORO PAESE NATALE DECISERO DI NON AVVICINARSI PIÙ AL SANTUARIO.
TUTTAVIA, ALCUNI GIORNI DOPO...

TAKAHIRO KATO
TWO PSYCHICS OF GYGES
1